AF186374

Tucholsky Wagner Zola Scott Fonatne Sydow Freud Schlegel
Turgenev Wallace Walther von der Vogelweide Fouqué Friedrich II. von Preußen
Twain Weber Freiligrath Frey
Fechner Weiße Rose von Fallersleben Kant Ernst Frommel
Fichte Richthofen
Engels Fielding Hölderlin Tacitus Dumas
Fehrs Faber Flaubert Eichendorff Eliasberg Ebner Eschenbach
Feuerbach Maximilian I. von Habsburg Fock Eliot Zweig
Ewald Vergil
Goethe Elisabeth von Österreich London
Mendelssohn Balzac Shakespeare Dostojewski Ganghofer
Trackl Lichtenberg Rathenau Doyle Gjellerup
Mommsen Stevenson Tolstoi Hambruch
Thoma Lenz Hanrieder Droste-Hülshoff
Dach von Arnim Hägele Hauff Humboldt
Karrillon Reuter Verne Rousseau Hagen Hauptmann Gautier
Garschin
Damaschke Defoe Hebbel Baudelaire
Descartes Hegel Kussmaul Herder
Wolfram von Eschenbach Dickens Schopenhauer
Darwin Melville Grimm Jerome Rilke George
Bronner Campe Horváth Aristoteles Bebel Proust
Bismarck Vigny Barlach Voltaire Federer Herodot
Gengenbach Heine
Storm Casanova Tersteegen Grillparzer Georgy
Chamberlain Lessing Langbein Gilm
Brentano Lafontaine Gryphius
Strachwitz Claudius Schiller Iffland Sokrates
Katharina II. von Rußland Bellamy Schilling Kralik
Gerstäcker Raabe Gibbon Tschechow
Löns Hesse Hoffmann Gogol Wilde Vulpius
Luther Heym Hofmannsthal Gleim
Roth Heyse Klopstock Morgenstern Goedicke
Luxemburg Klee Hölty
Machiavelli La Roche Puschkin Homer Kleist
Horaz Mörike Musil
Navarra Aurel Musset Kierkegaard Kraft Kraus
Nestroy Marie de France Lamprecht Kind Kirchhoff Hugo Moltke
Nietzsche Nansen Laotse Ipsen Liebknecht
Marx Ringelnatz
von Ossietzky Lassalle Gorki Klett Leibniz
May vom Stein Lawrence
Petalozzi Platon Knigge Irving
Sachs Pückler Michelangelo Kock Kafka
Poe Liebermann
de Sade Praetorius Mistral Zetkin Korolenko

Gebt mir meine Wildnis wieder!

Heinrich Federer

Impressum

Autor: Heinrich Federer
Umschlagkonzept: toepferschumann, Berlin

Verlag: tradition GmbH, Hamburg
ISBN: 978-3-8424-0466-3
Printed in Germany

Text der Originalausgabe

Gebt mir meine Wildnis wieder!

Umbrische Reisegeschichtlein

von

Heinrich Federer

(1918)

Lieber Leser!

Ich führe dich nach Umbrien.

Und indem weiß ich, daß du mit Italien im Kriege stehst.

Aber nicht mit dem Italien dieser Blätter! Nicht mit der lieben Agna von Trevi, noch mit dem armen Einsiedler und noch ärmern Papst Peter Morone. Nicht einmal mit des Königs Prinzeßchen, und schon gar nicht mit den Pilgern im Sabiner Gebirge, den Jüngern Sankt Benedikts oder den einsamen Bauern der Campagna. Die haben nie Krieg gewollt. Die teilten ihr letztes Brot mit dir und sagten zum Abschied: Pace! so echt, wie das Friedenswort sonst nirgends schallt.

Glaube mir, sie leiden wie du!

Aber es kommt der Tag der Bruderschaft, so wahr der Morgen stärker als der Abend und das Herz besser als der Verstand ist. Und dann wird auf irgendeinem Sankt Bernardinpaß sich das Du wieder begegnen, das nordische und das südliche, das Du des gleichen Adam, und sich die Bruderhand reichen.

Bis dahin, wenn dich Bitterkeit beschleicht, verweil dich ein wenig in diesen Kapitelchen vom Frieden zum Frieden! Pace!

Zürich, im Oktober 1917.

Heinrich Federer.

»Gebt mir meine Wildnis wieder!«

(Die Tragödie eines Papstes)

Das ist der alte Eremit Petrus, der im verriegelten Schlosse von Fumone von der Türe zum Fenster lief, hin und her, hin und her, mit der fieberigen Behendigkeit eines zähen achtzigjährigen Greises, und um der Barmherzigkeit Gottes willen bat, daß man ihn doch zum Gran Sasso oder zur Majella in seine Waldklause heimkehren lasse. Er rief es und weinte es und betete dann seine Psalmen weiter: Benedicite montes et colles Domino . . . benedicite glacies et nives Domino![1] – O, wenn er diese Verse wieder unter den Eichen und Wildkastanien seiner Einsiedelei beten könnte, am Monte Morone, oberhalb Sulmona, gegenüber den grauen und so einsiedlerisch stillen Kämmen der Majella, im Anblick des hellen Januarschnees auf allen Gipfeln! O nur fort aus diesen Marmorsälen und seidenen Kleidern, aus diesen höflichen, glatten Dienerverbeugungen, fort aus dieser herz- und atembeengenden römischen Herrlichkeit in die Gottesfreiheit der wilden Abruzzen!

Der Greis hörte nicht auf zu bitten und zu betteln, und als er es nicht mehr laut sagen durfte oder konnte, da schrie es seine Seele voll Heimweh weiter. Mit diesem heiligen Schrei nach der Heimat ist der seltsame Mann verschieden.

Der Volksmann Bernardino[2] muß in der Schweigsamkeit des Gebirges sterben, zwei, drei stille Brüder um sich. Und der Eremit Petrus erblaßt in einem päpstlichen Schloß in hohen Ehren und königlicher Hofhaltung. Der eine schreit immer: In die Stadt, in die Stadt, unter die Menschen! Und der andere schreit immer: In die Berge, in die Berge, weit weg von allen Menschen! Wie doch der große Weber der Menschenschicksale dann und wann an seinem Riesenwebbaum das Schifflein so seltsam hin und wider schiebt!

Aber hier, du merkwürdiger Mann, in diesem stillen großen Kirchenbau vor der Stadt Aquila, so nahe deinen Bergen, deinen Bä-

---

[1] Lobet den Herrn, ihr Berge und Hügel; lobet den Herrn, Eis und Schnee!

[2] San Bernardino liegt in der gleichen Stadt Aquila begraben. Vergleiche »Der Demokrat in der Kutte« im Bändchen »Aus Franzens Poetenstube«.

chen und deinem Schnee, schlummerst du nun zufrieden. Du hast doch wenigstens das Grab wieder da gefunden, wo du deine lebenslange, schöne Heimat besaßest.

Die Geschichte des Petrus Morone, der hier unter den Platten liegt, erschüttert mich immer. Es ist das Trauerspiel zwischen der Härte der Politik und der Weichheit ihres Trägers. Die Härte siegt. Mit dem hochbetagten, himmelvertrauten, aber weltunkundigen Eremiten kommt ein Idyll auf den ersten kirchenpolitischen Posten der Welt, aber wird sogleich vom kalten Zugwind, der auf solchen Spitzen weht, mitleidlos entblättert.

Petrus war in den Naturklausen der Abruzzen um Aquila herum ein hoher Greis geworden, hatte einen Orden gegründet, nicht aus Lust, sondern aus Not, um seinen zahllosen Jüngern Halt und Ziel zu geben. Immer, wenn seine Nacheiferer wieder ein wildes Geklüfte um ihn herum bevölkert hatten, war es ihm zu laut geworden und hatte er sich in ein noch wilderes Gefelse geflüchtet, bis ihn die andrängende heilige Leidenschaft der Jünger zum dritten- und viertenmal in noch strengere Einsamkeiten trieb. Nahe dem achtzigsten Jahr war er so zu einem wahrhaften Heiligen gereift und genoß wegen seines frommen Lebens und seines starken Gebetes einen Ruf weit über die Länder bis Rom und Neapel. Alle Welt wußte davon, nur er wußte es nicht. Dabei war er ein ungelehrter Mann, ohne Erdenkunst und Erdenwissen, ohne die Welt, der er sein Lebtag den Rücken gekehrt hatte, auch nur im gröbsten Fadenschlag zu kennen. Er brauchte das auch nicht, lebte mit Gott, den Vögeln und Sternen und war gleich diesen beiden Geschöpfen so lichtfroh und himmelsnahe und seelenzufrieden.

Nun war Papst Nikolaus IV. im Frühling 1292 gestorben. Die Kardinäle versammelten sich zu einer Neuwahl. Aber große und kleine Politik hintertrieb immer wieder die Ernennung eines tüchtigen Mannes. Die französischen Kardinäle wollten einen Franzosen, mindestens einen Freund Karls von Anjou in Neapel, desselben düstern Mannes, der den Staufen Konradin hatte enthaupten lassen. Andere begehrten einen deutschfreundlichen Statthalter Christi. Von einem unabhängigen Kirchenhaupt war keine Rede. Zugleich spaltete sich das Kollegium in eine Orsini- und Colonnapartei nach den gleichnamigen zwei sich tödlich hassenden Adelsfamilien

Roms. Keine gönnte der andern die Tiara. So tief war der purpurne Senat gesunken, daß er mehr mit Maklern als mit Gottberatenen verglichen ward. Es kam zu keiner Wahl. Die graue Elster der Politik, nicht die weiße Taube des Heiligen Geistes schwebte über den Häuptern.

Zwei volle Jahre hatte man sich schon beraten. Die katholischen Völker wurden besorgt, der Klerus ärgerte sich, die Regenten sandten Gold und Drohungen, immer wirrer wurde die Sache.

Man änderte den Ort, als ob es damit besser würde. Aber die Intrige folgte den Wählern von einer Stadt in die andere.

Endlich im Hochsommer 1294 versammelte man sich im alten umbrischen Perugia. Und da erinnerte sich wohl mehr als ein Kardinal an den großen Papst, der hier in der Domgruft schlief. Man schämte sich vor dem Toten, man beeilte sich jetzt. Gerade ein Säkulum war verflossen, seit Innozenz III. den Hirtenstab der Welt so unvergleichlich stark in die junge Hand genommen hatte. Damals freilich saß den Wählern noch ein heilloser Schrecken vor Barbarossa und mehr noch vor seinem furchtbaren jungen Sohne, Heinrich VI., dem germanischen Cäsar, in allen Knochen. Da erlosch jegliche Intrige. Rasch ward der jüngste, aber gewaltigste Mann des Kollegiums gewählt, auf den weltlichen folgte ein geistlicher Cäsar. Man hörte die Kirche an jenem Tage aufatmen wie zu Konstantins Zeiten.

Wohlan, zur Wahl, o Väter von Perugia! Aber nehmt keinen Innozenz! Jetzt ist ein großer Heinrich oder Friedrich nirgends, wohl aber ein strammer Papst zu fürchten, der in die Wirrnis und Verdorbenheit der Kirche wie ein anderer Elias fahre.

So erkor man einen Heiligen Vater, den die meisten Bischöfe nur dem Namen nach kannten und von dem die lauesten Priester nichts zu fürchten hatten, weil er zwar ein Heiliger, aber ein Tor der Welt war, so ein verwilderter, alter Einsiedler, der viel besser den Amselpfiff vom Drosselpfiff als die welsche von der germanischen Politik zu unterscheiden wußte. Man wählte zum Papst den nie gesehenen, aber landesberühmten Petrus droben in den apulischen Bergen.

Ist je ein Mensch so erschrocken wie der uralte Petrus Morone, als eines Tages plötzlich durch das Gestrüpp seiner Wildnis samthosige Junker, behelmte Ritter und drei seidenschimmernde Bischöfe brachen, müde und schwitzend von der harten Bergtour, dahinter ein Gezwitscher junger Höflinge und Knappen? als sie alle die Knie vor dem elend bekutteten, struppigen Klausner bogen, ihn Papa und Pontifex Maximus nannten und ihm dann mit begeisterten Versen die gültige Ernennung zum Herrn der Christenheit anzeigten? Er glaubte es nicht, bis er das Pergament mit dem Siegel des Fischerrings durch seine zitternden Finger gleiten ließ. Nun fiel der Arme zu Boden vor Entsetzen, weinte, wehrte ab, rutschte flehend wie ein Kind von einem Gesandten zum andern, wies auf sein kahles Haupt, seinen verwilderten Bart, seine Hände, braun und knorrig wie Tannenwurzeln. Besonders entblößte er sich in seiner ganzen Unwissenheit an allem, was man unter den Menschen und vor allem auf ihrer obersten Spitze wissen müsse. Er habe ja darum auch die Leitung seiner eigenen Ordensfamilie, so einfacher, roher Waldbrüder, längst niedergelegt und sich ganz still hierher zurückgezogen. Denn er könne kein noch so kleines Gemeinwesen regieren und verwalten, allerhöchstens so eine Klause mit etlichen Waldvögeln, Hasen und seinem eigenen überlästigen, dem Tode verfallenen Menschen. Nein, nein, sie sollen zurückkehren! Es sei ein Irrtum. Er würde dem Heiligen Stuhl Spott und Schaden bereiten. Dies da sei sein Purpur. Er hob seinen halb weißen, halb braunen Habit voll Tannadeln und Harztropfen über die Fußknöchel. In dem fühle er sich allein wohl.

Je mehr der Eremit in seiner großartigen Schlichtheit sprach, um so wahrhaft erlesener und päpstlicher kam er den Sendlingen vor. Erschüttert hörten sie zu. Eine Ahnung davon, wie tief sie in der Erde stecken und wie viel Himmel so ein Heiliger ihnen bringen könne, beschlich den weltlichsten Junker und den losesten Pagen. Dennoch vermochten die Bischöfe der hinreißenden, zu Tode geängstigten, auf den Knien flehenden Beredsamkeit dieses außerordentlichen, geistlichen Naturmenschen keine Gegengründe vorzuhalten. Noch tiefer als bei der Begrüßung verneigten sich alle und gingen leise bergab. Sie hatten erwartet, einen neuen Papst zu sehen, und nun eine viel größere und schönere Neuigkeit erlebt: einen wahrhaften Heiligen.

Als die Deputation weggegangen war, glaubte der Alte, aus seiner Jünglingszeit und jener raschen Römerwoche geträumt zu haben, da man ihn zum Priester weihte. So schnell als möglich war er damals aus der heißen Stadt in seine Einöde zurückgekehrt, so daß er nur ein jähes Aufschimmern von Gold und Marmor davon in seiner Erinnerung bewahrt hatte. Flackerte nun dies Andenken nochmals vor dem Tod in ihm fast greifbar und heiß wie ein wirkliches Feuer aus der Asche seiner Vergangenheit auf? Seltsam wäre das.

Oder war es eine Versuchung gewesen? so ein schlaues Blendwerk der Hölle, wovon man in den Einsiedlerlegenden so viel liest? Peter Morone lachte wie ein Kind. Dann hat der Widersacher schlecht Theater gespielt. Mit Seide und Gold und hohen Stuhllehnen kann man einen so alten, widerhaarigen Barbaren des Gebirgs wahrhaftig nicht mehr ködern. Das hat der Teufel nun einmal gänzlich dumm angestellt. Geißel und Stachelgürtel und eine noch rauhere und frömmere Aszese hätte er mir im Glorienschein anderer, größerer Eremiten zeigen und damit meinen Neid wecken sollen. Der gehörnte Narr! Nun hat er die gute Gelegenheit für immer verpaßt.

Zufrieden suchte Peter ein paar Schwämme, um sie in seinem Töpflein mit Wasser und Reis aufzukochen, und pfiff ein helles Liedchen aus seinem stillachenden Mund, um den eine weltfremde Seligkeit spielte. So pfeift ein frischer Knabe, wenn er aus einem bösen Traum erwacht, mit festen Füßen in den Tag hineinspringt und merkt, daß das alles nur Spuk und Spinngewebe der Nacht war.

Doch nein, hier war es kein Traum. Petrus war wirklich gewählt. Immer dringendere Deputationen bestiegen den Berg. Die Könige von Neapel und Ungarn kamen Höchstselbst herauf und beschworen Peter, sich der papstlosen Welt zu erbarmen. Die Kardinäle drohten, er verschulde den Zorn des Himmels, wenn er sich länger weigere, der Kirche den Frieden zu geben. Wie ein Meer so groß und tief sei das Ärgernis der Christenheit über den seit Jahren verwaisten und widerlich umzankten Hirtenstab Petri geworden. Bald würden ganze Länder an Rom irre und abfallen. Von seinem Ja oder Nein hänge das Schicksal der Welt ab.

So gab der Greis denn verzweifelt nach und ward feierlich nach Aquila hinuntergeführt. Halb Italien lief in die Abruzzen hinauf, um den so wundersam Gekrönten zu sehen. Nun stand wieder einmal ein Heiliger am Steuer der Kirche.

Aber sieh da, der Papst blieb Wochen und Monate in der Bergstadt. Sich von seinen Bergen trennen war ihm beinahe wie Leib und Seele voneinander scheiden. Die Römer, die Fürstenboten, die Kardinäle mußten zu ihm hinaufkommen. Hier oben erledigte er die Amtsgeschäfte, wohin man erst unter vielen beschwerlichen Tagreisen gelangte. Man bat ihn stündlich, nun doch nach Rom zu ziehen, wohin jeder Papst so sicher als das Licht am Himmel gehöre. Aber beharrlich weigerte er sich. Er ist der erste Papst, der Rom nie sah, und der einzige, der es nie zu sehen wünschte.

Der alte Mann, der sich sein Lebtag selbst bedient hatte, ward jetzt von einem ganzen Troß von Kämmerlingen umgeben. Edelknaben schenkten ihm kniend den Wein in den schweren Goldbecher. Ach, wieviel lieber hätte er mit der hohlen Hand das Wasser aus einem Bächlein geschöpft!

Ganz ungewohnt kamen ihm die dicken, von Edelsteinen strotzenden Ornate vor. Sein Ohr, das ans Rauschen der Eichenkronen gewohnt war, konnte das gleißnerische Knistern der Seide nicht ertragen. Nie taten ihm, wenn er über grobe Felsen oder knorrige Stämme emporkletterte, die Hände so weh wie jetzt beim Betasten von so viel weichem, wulstigem Samt. O Eichen, o Felsen, o himmlische Wildnis!

Was wußte er von Akten und Kassen und dem Gekritzel der Kanzleien? Was behelligte ihn das bisher? Nie hatte er mit solchem Wisch zu tun gehabt. Sich als Achtziger daran gewöhnen, war nicht mehr möglich. Die pfiffigen Höflinge merkten das sogleich. Wie die Diener goldenes Geschirr stahlen und verkauften, so vergaben die Beamten seines Hofes, weltliche oder doch verweltlichte Herren, Bistümer und geistliche Privilegien um Geld, täuschten dem greisen Papst je nach ihrem Profit eine Sache weiß oder schwarz vor, ahmten seine gröbliche Unterschrift nach. Die Einfalt dieses Kindes des Lichtes ward stündlich von den kniffereichen Weltkindern mißbraucht, und die Kirche Gottes litt mehr unter diesem betrogenen Papst als in allen papstlosen Zeiten.

Endlich brachte der König Karl von Anjou es durch Schmeicheln und Gewalttätigkeit fertig, den Heiligen Vater in seine Residenz Neapel einzuquartieren. Von nun an regierte der Anjou die Kirche. Er las die Kandidaten des Kardinalsenats durchweg aus seinem französischen Klerus aus. Petrus hatte nur ein willenloses Ja zu nicken. Zuletzt wollte sich der König sogar schon einen ihm genehmen, sklaventreuen Papst als Nachfolger dieses Greises sichern. Die paar ernsthaften und unabhängigen Kardinäle sahen mit tiefem Kummer, in welche unziemliche Dienstbarkeit der Heilige Stuhl mehr und mehr verfalle. Da heimsten nun auch sie den Lohn für ihre ungeistliche Furcht vor einem starken Papst ein. Dafür trugen sie jetzt das Joch eines tyrannischen Königs und den Unfug von hundert kleinen, welschen Päpstlein. Diese Einsicht reinigte manches Herz. Immer mehr erlosch der Hader zwischen den italienischen Orsini- und Colonna-Kardinälen, immer mehr auch der Schrecken vor einem päpstlichen Helden und Eiferer. Ja zuletzt war die Sehnsucht nach einer starken Innozenziusstirne und Innozenziushand in manchem geheimen Prälatenbrief und selbst in offener, tapferer Predigt laut.

Es ist nicht zu sagen, wie unglücklich indessen Papst Cölestin – so hieß er sich wohl im Heimweh nach seinem verlorenen heiligen Berghimmel – die glänzenden Hoftage von Neapel verbrachte. Jeder neue Morgen sagte ihm mit neuer Klarheit, wie unfähig er zum Regiment der Weltkirche sei. Während er noch eben im Gebirge wie ein Jüngling ausgeschritten war, behend, mit roten Greisenbäcklein, leichtatmig und scharfäugig, siechte er jetzt in den Sälen dahin, welk, müde, kurzsichtig, und vermochte die Tiara nicht ein Viertelstündchen lang auf dem Kopfe zu behalten. Und der sollte den christlichen Erdkreis tragen? Sowie er sich unbelauscht meinte, streifte er den schweren Siegelring und die mächtige Brustkette ab, schlüpfte aus den goldbrokatenen Pantoffeln und lief barfuß und barhaupt ans Fenster, in das – ach, kein Abruzzenlüftchen! sondern der vulkanische Atem Neapels dick und lavaschwer hereinfloß. Wenn dann der Kämmerer stirnrunzelnd vorstellte: »Aber Heiligkeit, Eure Würde! das Ärgernis!« dann schob Cölestin seine erdbraunen Einsiedlerfüße wieder seufzend in die heißen, seidengepolsterten Schuhe und flehte: »Gebt mir ums Himmels willen meine Wildnis zurück!«

Trat er zum Palast hinaus auf die schreiende Straße oder ins Gelärm des Hafenplatzes, dann dachte er: »Wie still muß es jetzt droben im Wald von Morone sein!« Die Hitze dieser Sonne und dieser feurigen Menschen machte ihm Heimweh nach der kühlen, menschenlosen Klause am Gran Sasso. O ihr Herren Könige und Bischöfe, gebt mir meine Wildnis zurück!

Zuerst betete er still für sich darum, dann flüsterte er es, dann bat er scheu wie ein Kind, dann rief, dann schrie er es, daß es durch alle Gemächer drang und man ihn beschwor, doch um des Ärgernisses willen zu schweigen und sich zu gedulden. Aber als er nach und nach auf die Schliche seiner Kanzlisten kam, als er gar von einem erlogenen Breve und zwei erschwindelten Bischofshüten sich unwiderleglich überzeugen mußte, da hielt ihn nichts mehr. Sein Gewissen überschrie alle Bedenken. Er verderbe die ganze Welt, und sie verderbe ihn. Alles noch so drohende Zureden des Anjou und alles Pathos der französischen Kardinäle vermochte nichts mehr über ihn.

Am 13. Dezember, nach vierteljähriger Tiara, trat der Greis im vollen Papstornat unter die versammelten Kardinäle und dankte in einer kurzen, ergreifenden Rede ab. Er sei zu alt, zu elend, zu unvermögend. Gezwungen sei er Papst geworden. Aber nicht Eisen noch Feuer hielten ihn ab, nur noch einen Tag Papst zu bleiben. Die Kirche Gottes litte wie zur Zeit der römischen Cäsaren. Der Fluch des Himmels könne jeden Augenblick sich über seinem Haupte entladen, wenn er zögere. Bald müsse er sterben. Da wolle er denn in der Einsamkeit seines Berges und in der Gnade des ausgesöhnten Gottes, aber nicht hier auf falschem Sessel und Posten wie in einer Lüge sterben.

Dann nahm er mit zitternden Händen die Krone ab und legte sie schnell, als brenne sie ihn, aufs Samtkissen des knienden Pagen. Und nun flog zum erstenmal seit drei Monaten wieder ein Lächeln über sein Gesicht. Darauf küßte er das wuchtige, goldene Brustkreuz, legte es samt der Kette aufs nämliche Kissen, und schon wurde sein Lächeln heller und seine Stimme fröhlicher. Jetzt zog er auch die Stola und den Seidenrock ab, löste den Fischerring von der Hand und warf die heißgeliebte Kutte seiner Einsiedlerschaft über sich. Und siehe, da fielen ein paar Tannadeln aus dem Ärmel zu

Boden. Rasch, als gälte es seine Seele, bückte sich der Greis, las sie alle auf und betrachtete sie. Die waren ja noch vom Sommer des Jahres, von der seligen Klausnerzeit, vom Gran Sasso. Petrus meinte seine Wildnis in der Hand zu haben. Seine Stimme klang jetzt wieder frisch wie oben am Morone unter Vögeln und Eichhörnchen, und er lachte laut und hoch wie ein Kind.

In der Kirchengeschichte gibt es manchen genialen Augenblick. Diese Entkleidung vom Papst zum Waldbruder war einer der großartigsten, eine Gnade für die Christenheit, aber auch eine gewaltige Predigt. Die kirchlichen und weltlichen Regenten hatten es bitter nötig, nach so vielen gierigen Händen, die nach den Papstinsignien griffen, auch einmal zwei Hände zu sehen, die diese Kleinodien munter von sich taten. Päpste hatte es genug gegeben, die aus Angst oder Demut sich der petrinischen Schlüsselgewalt durch zeitige Flucht zu entgehen suchten. So sogar noch der große Innozenz. Aber wenn sie dann doch gewählt und gekrönt waren, hat sie keine Liebe und kein Haß der Welt ihrem Thron abspenstig machen können. Cölestin ist vor- und nachher der einzige geblieben, der die Erhabenheit und Pracht der Tiara zwar gekostet, aber wie eine Last lächelnd von sich geworfen hat. Wie ein Erlöster stand er jetzt da.

Man wählte nun einen welterfahrenen, starken Papst, den unabhängigen Kardinal Benedikt Gaëtani, der auch sogleich mit fester Hand sich die Tiara aufsetzte und als Bonifatius VIII. sich in der Historie einen heißumstrittenen Weltruf erwarb.

Cölestin war der erste, der sich vor ihm bog. Dann bat er glückselig um die Erlaubnis, in seine Abruzzenklause zurückkehren zu dürfen. »Meine Kutte hab' ich. Nun noch meine Berge, meine Einöde, meine Einsiedelei.«

Aber das schien dem politischen Kopf Bonifatius' höchst gefährlich. Das Volk, das den Papst Cölestin kaum einmal sehen konnte, aber ihn als einen Heiligen kannte und verehrte, würde ihn nach wie vor als den gültigen Papst ansehen. Es weiß gar nicht, daß einer, der Papst ist, aufhören kann, Papst zu sein. Aber noch stärker war der andere Grund. Wollte Bonifatius wahrhaft Papst und nicht eine Staatspuppe Karls sein, so mußte er sich durchaus von den Franzosen freimachen. Wie leicht konnten die nun den einfältigen Cölestin oben im Gebirge wieder in ihre Klauen nehmen und, ob er wollte oder nicht, als Gegenpapst und italienischen Heiligen gegen Bonifatius ausspielen! War das etwa nicht schon zu dutzend Malen vorgekommen, wo man einen Gegenpapst erst machen mußte? Hier aber hatte man einen Mann, der ja wahrhaftiger Papst gewesen war. Schon ging ein Gemunkel durch das neapolitanische Land, Bonifatius habe den alten Cölestin gezwungen abzudanken. Ein Schisma konnte entstehen. Die schwer gequälte Kirche ertrug das nicht auch noch zu aller andern Not. Nein, der Eremit Petrus darf nicht wie ein freier Waldvogel heimfliegen. Er muß im Käfig, ich will sagen, am Hofe des neuen Papstes behalten werden, muß mit ihm nach Rom gehen oder wohin der Heilige Vater ziehen wird. Er ist die Geisel zur Sicherheit der Kirche.

Jedoch Peter Morone fleht so herzbeweglich, schüttet so grenzenloses Heimweh aus seinem alten Herzen, und die heilige Unschuld leuchtet so übermächtig aus ihm, daß nur ein Mann so herkulisch und felsig wie Bonifatius widerstehen konnte. Dieser Papst war aus dem Stoffe der Cäsaren gehauen. Man darf ihn nicht mit Innozenz vergleichen. Innozenz hätte den Eremiten fröhlich ziehen lassen. Seinen politischen Schwung und seine eiserne Tatkraft besaß Bonifatius, aber nicht sein prachtvolles Genie der Praktik. Und noch etwas Großes fehlte diesem Kraftmenschen, der gleich Innozenz ein Campagner war: die innerliche, tiefe Glut des Herzens. Bonifatius war neben dem Staatsmann nicht auch Poet. Sonst hätte er den Klausner begriffen. Ein Innozenz hätte nicht einen schwachen Eremiten Petrus, sondern einen Karl von Anjou und Philipp den Schönen zeitig genug unschädlich gemacht. Den Vorgänger hätte er der Welt als Heiligen, als konkurrenzlose Größe vorgestellt.

Bonifatius hat geniale Züge, ohne ein eigentliches Genie zu sein. Sein Benehmen gegen Cölestin ist staatsklug und polizeilich mustergültig, aber es läßt das Weitblickende, Hellseherische eines Genies durchaus vermissen. Petrus mußte in seiner Nähe bleiben. Er ward mit Ehrerbietigkeit behandelt als der oberste unter den Kardinälen. Aber der Greis fühlte, daß dies eben doch Gefangenschaft war, und entfloh. Wie dies geschah und wie ein Achtziger von Anagni weg bis in die Abruzzen gelangen mochte, darüber fehlt uns jede Kunde. Aber rührend ist die Naivität dieses Heiligen, sich wieder in den Schlupfwinkel am Monte Morone einzukapseln, wo ihm die Gesandten die Papstwahl mitgeteilt hatten und wo ihn die

Verfolger jedenfalls zuerst aufspüren mochten. Wirklich kamen die Boten des Papstes bald genug den Berg herauf. Allein trotz ihres strengen Auftrages, den Ehrwürdigen tot oder lebendig nach Anagni zu schaffen, brachten die Gesandten es nicht übers Herz, den Greis, der so rührend um ein ruhiges letztes Lebensstündlein hier oben bat, aus seiner Zelle zu reißen und in die Haft nach Anagni zurückzuschleifen. Sie kehrten um. Da wurden härtere Mannen mit geschärfter Weisung zur Einsiedelei entsandt. Aber die Klause stand leer. Petrus hatte sich wohlweislich weiter in die Berge geflüchtet. Nun wurde Militärgewalt aufgeboten. Späher und Kriegsleute durchstöberten in langen Zeilen die ungeheure Wildnis. Ein ganzes Heer ward gegen einen greisen Klausner, der nichts als ein friedliches Sterbstündchen wollte, über Berg und Tal in Bewegung gesetzt. Das machte das fromme, von soviel kirchlichen Wirren verwirrte Volk nun erst recht zum Verehrer des Verfolgten. Den Leuten ward es nun völlig gewiß, daß Petrus der wahre Heilige Vater blieb, und daß sein Bedränger ein Afterpapst war, der sich nicht sicher fühlte, solange der echte und heilige Statthalter Christi lebte. Die Mönche in den Abruzzen, die Hirten der Alpweiden, die Leute in den verschlüpftesten Talweilern beherbergten den Eremiten, schirmten ihn, trugen ihn von Wald zu Wald, über die ganze ungeheuerliche Gran Sasso-Kette ans Adriatische Meer. Und hier, im Begriffe, nach Dalmatien hinüberzusegeln, fing man ihn. Unter großen Beschwerden ward der arme Mann zuerst vor den strengen Papst nach Anagni und dann in das feste Kastell Fumone gebracht, dessen Ruinen heute noch von den Campagnahöhen ins Tyrrhenische Meer hinausschauen. Soldaten mit Schild und Lanze hüteten den Eingang, marschierten im Wachtschritt durch die Gänge oder standen vor den Gemächern bewegungslos aufgepflanzt. Aber drinnen weilten zwei Ordensbrüder bei dem gebrochenen Greis und pflegten seine letzten Tage. In dem schwülen, moderigen Odem dieser Burg lebte Petrus noch ein paar Wochen. Die Sehnsucht nach der Freiheit der Berge verzehrte ihn. Nur waren es nicht mehr der Gran Sasso und die Majella, sondern die Colles aeterni, die ewigen Hügel, wonach sein Heimweh nach so viel Enttäuschungen wie eine flinke, makellose Taube flog. Von jenen Höhen wird ihn kein Papst und kein Kaiser mehr holen können. Dort ist die ewige Einsiedlerruhe. Schon im Mai 1296 starb Petrus. Anderthalb Jahre hatte seine welthistorische Rolle gedauert.

Auch hier erzählt die Legende, wie er mit zufrieden gefalteten Händen und lächelndem Munde gestorben sei. Ich wiederhole: die Heiligen wissen zu sterben, Bernardino droben am Berg, verzehrt vom Stadtheimweh, Petrus hier im Soldatenkastell, aufgerieben vom Bergheimweh. O ja, die wissen zu sterben! Wenn auch ihr Herz sich müd geschrien hat nach einer Stadt voll Menschen oder nach einem Berg voll Einsamkeit, schließlich, was ist Leben? was ist Erde? Sie glauben an die Ewigkeit. Und dort, Bernardino, ist die große, ewige, seelengefüllte Stadt! und dort, Petrus, ist der hohe Berg Tabor mit seiner unendlichen Einsamkeit in Gott!

Aber auch die Heiligen sind Menschen bis zum letzten Atemzug. Ihr Sterbliches wünscht auch sein sterblich Teil Heimat. Obwohl Bonifatius in übertriebener Staatsklugheit den heiligen Greis am Hochaltar zu Ferentino zehn Ellen tief in den Boden legen ließ, immer schien es, als höre man rufen: Gebt mir meine Wildnis wieder! Aus solcher Tiefe herauf! Und immer meinte man, Holzsandeln klappern und einen Pilgerstab klopfen zu hören, wie von einem, der aufbricht und ins Gebirge zieht. Selbst so viel schwere Erde schien das unruhige, heimatsüchtige Gebein da unten nicht stillen zu können. Bis nach zwanzig Jahren Papst Klemens V. den Leichnam ausgraben und in Aquila oben, im Schatten der geliebten Einsiedlerberge bestatten ließ.

So hatte Peter Morone endlich Ruhe und wahrhaft, er ruht gut. Es ist in dieser Kirche seltsam einsam. Die Schritte des Pilgers tönen, als ginge man durch einen stillen Wald. Die Vorhänge an den Fenstern rauschen wie die Büsche am Monte Morone. Der Klosterbrunnen plaudert wie ein Waldbächlein, es duftet und schattet und kühlt hier wie unter hohen, grünen Buchendolden. Ja, Petrus hat seine Heimat hüben und drüben gefunden, sage ich mir und fühle selber eine wohlige Heimatlichkeit durch meine Seele gehen.

Ich stand und stand und freute mich, da erreichte mich aus dem Freien, tief herüber, ein schriller Pfiff. Die Eisenbahn! Sie rollt in die Weite, aus den Bergen, aus der Heimat, in die Fremde. Und die Auswanderer mit ihr, diese ruhelosen Giorgio und Maddalena, diese Arbeit-, Geld-, Brot-, Heimat-suchenden Menschen der Abruzzen.

Sogleich ist es um mein Heimatgefühl geschehen. Nein, ach nein, Torheiten! Solange man lebt, soll man nicht von Heimat reden. Es gibt kein Bleiben und Sattwerden und Ausruhen allhier. Es ist alles ein stetes Zeltstellen und Zeltbrechen, wie der große Weltreisende Paulus sagt. Nicht wahr, Bernardino und Petrus, ihr heiligen Männer, nicht wahr? Man hat nirgends ein Daheim, bis man das kleinste aller Häuschen für den großhansigen Leib und das größte von allen für sein demütiges Seelchen gefunden hat!

Das Zahnweh der kleinen Agna.

In der wackeligen, kleinfenstrigen und alten Eisenbahn, die ich von den Wasserfällen zurück nach Terni benutzte, in der düstern, schmutzigen, mit Papierfetzen und Zigarrenstummeln überstreuten dritten Klasse, saß ich gegenüber einem kleinen Ding von Mädchen, neun- oder zehnjährig, oder gar nur sieben – denn diese welschen Kinder haben immer ein ältlicheres Gebaren als unsere deutschen vom gleichen Wiegentag. Sie tun schon merkwürdig frauenhaft und rümpfen die weiche Stirne schon so superklug.

Neben dem Kinde saß der ältere Bruder. Ich sah es den starken tuchenen Hosen und dem famos gestrickten Überhemd an, daß es Kinder eines vermöglichen Winzers oder eines Pächters der großen, schönen Ölpflanzungen im Umkreis sein mußten. Feines, leichtes Tuch trifft man nicht selten auch bei Ärmern. Aber das dicke, feste, in der Sonne kühle und im Winterregen warme Kleid aus Ziegenhaar oder Schafwolle, so ein prachtvolles, unzerreißbares und mattglänzendes Tuch, das tragen nur ganz vermögliche Landbauern und Kleinstädter hier.

Das Mädchen stak in einem weißen Rock und in einer Art Mieder, wie es hier Landtöchter gegen die Berge zurück mehr aus Zierlichkeit als aus alter Tradition gern ein paar junge Jahre hindurch tragen. Es hatte ein Haar, geschmeidiger und heller als rohe Seide, das auch bei jeder Bewegung so zu knistern schien, lange goldene Wimpern, süße graue Augen darunter, und das ganze Gesichtlein war wie eine halbreife Pfirsich anzuschauen, noch etwas grün und hart, aber doch schon hübsch dabei, langsam rot und samtig zu werden.

Doch hatte das liebe Kind ein verschwollenes Mäulchen. Zahnweh! Etwas, was einem sonst in diesen Landen nie begegnet.

Und es war ein wüster, großer, wilder Zahn, einer, der die ganze Nacht sticht und brennt und schneidet wie dreihundert Messerchen miteinander. So sagte die Kleine selber und streckte alle zehn Finger vor, als wollte sie die barbarischen Messer verdeutlichen, aber deckte dann rasch wieder die aufgeschwollenen Lippen mit den Händchen. Manchmal, wenn wieder so ein Stich aus dem Zahn in das zierliche Köpflein fuhr, zuckte sie wie ein erschrockenes Hühnchen zusammen und drängte sich heftig an den großen langen Kerl von Bruder, einen Jungen von zwölf Jahren, der gleichfalls wie eine unreife Pfirsich aussah, nur größer, farbloser, härter.

Er rauchte schon die dritte Zigarette und blies dem Schwesterchen allen Rauch ins Gesicht. Dabei schwieg er stolz und ließ nur immer das Mädchen reden, obwohl es behauptete, ihm tue jedes Wort fürchterlich weh. Aber es mußte erzählen. Man ging zum Zahnarzt nach Terni. Er ist berühmt. Alle Tage reißt er zweihundert Zähne aus, alte, Milchzähne, Augenzähne, Stockzähne. Er hat einen ganzen Kasten voll und verdient ein unsägliches Geld dabei. Und er macht schnell mit der Zange. Man sieht sie nicht einmal. . . . Jetzt nickte der Junge zum erstenmal zustimmend und bedeutend. . . . »Aber ich habe doch Angst«, fuhr das Kind fort; »denn ich habe sehr große und starke Zähne. Ich weiß nicht . . . o weh, nun hab' ich zuviel geredet . . . da kommt es wieder, o . . .!« Die kleine Plaudertasche stöhnte auf und kroch dem Bruder hart an den Hals. Der paffte ihr aus seinem großen, feurigen Mund drei, vier schwere Tabakwolken ins Mäulchen. »Das tut gut«, sagte er; »das tut sehr gut. Und wenn du nur selber auch rauchen wolltest, das hülfe noch besser. . . .« Damit qualmte er sie nochmals an. Sie aber hielt, die Wimpern leise geschlossen, mit offenen Lippen geduldig her und redete sich ein, es tue wirklich gut. Es war lustig zu schauen, wie er den Rauch von zwei, drei tiefen Zügen einsog, dann die Lippen spitzte und dem Schwesterchen den gesammelten Nebel ins aufgesperrte Mäulchen dampfte. Es war greulich. Aber Carletto mußte es doch wissen, daß dies gut tat.

»Wenn es nur vorbei wäre beim Doktor«, warf die kleine Schwatzbase plötzlich wieder ins Stillschweigen.

»Du mußt nur nicht daran denken«, tröstete ich. »Man hat mir schon viele Zähne ausgezogen. Das geht schnell. Man streicht dir etwas an, kühl wie Schnee, und gleich fühlst du gar nichts mehr, auch wenn man dir den Kopf umdrehte. Du bist dann am Mäulchen wie gefroren. Nun die Augen zu, den Sessel fest in die Hand, mit den Füßen gesperrt . . . eins . . . zwei . . . drei, blick auf, da ist der Zahn!«

Ich hielt dem armen Fant Daumen und Zeigefinger vor die Nase, als wollte ich ihr den entwurzelten, kleinen Wüterich zeigen.

Der Knabe hatte mich bisher kaum mit einem Blicke seiner harten Stahläuglein beehrt. Hochmütig lehnte er sich in die Ecke und spreizte die langen Beine auseinander, als gehörte die Erdkugel dazwischen hinein. Nun dünkte ihn jedoch, ich hätte klug mit seiner Schwester gesprochen. Er nickte mir zu, aber hoch von oben und ohne Lächeln, wie etwa ein General dem Gemeinen zunickt, der einmal zur Seltenheit etwas richtig ausgeführt hat.

»Ist es wahr, Carletto, sag, ist das wahr?« flehte indessen das Mädchen.

»Sicher! Ich habe doch ja schon zweimal hergehalten. Du meinst, der Doktor fange erst an und da zeigt er dir schon den Zahn in der Zange. . . .«

»Huh!« machte die Kleine und erschauerte in sich zusammen wie ein vom Wind erfaßter kleiner Busch etwa von Heideröslein. Das Wort Zange warf wieder allen gesammelten Mut nieder. »Nein, ich will umkehren«, schrie sie und erhob sich, als könnte sie, wo sie wollte, aus dem eiligen Zug steigen. »Carletto, schau, es tut jetzt nicht mehr weh. Die Zange ist furchtbar, ich sterbe!«

Der kalte, knappe Carletto lächelte mit seinen zwei grauen Augen ein wenig, wie eisige Wintersterne lächeln. Dann sagte er fest und bestimmt: »Nein, diesmal mußt du kommen . . ., nicht wie das letzte Mal!«

Das Kind wurde ganz rot. Ah ja, das letzte Mal war sie mitten auf dem Wege zum Zahnarzt wieder heimgesprungen.

»Dann hast du die ganze Nacht wie toll geschrien, so weh hat es dir wieder getan«, fuhr der bleiche Bruder in seinem langsamen, unbarmherzigen Tone fort. »Nein, heute mußt du durchaus dran!« endigte er mit einer unsagbaren Bestimmtheit, und ich sah deutlich voraus, wie er einst mit der gleichen Sicherheit seinen Rebenbauern, die nicht zeitig an Mariä Himmelfahrt den Zins bringen, in seiner hellen, langsamen Sprechweise sagen wird: »Ich muß euch betreiben, es geht nicht anders, basta!«

»Carletto, Carletto!« schrie das Mägdlein, sich immer lebhafter die Zange und ihr Klemmen und Stoßen und Ausreißen vorstellend.

Ein Mitfahrer, der neben uns saß, wollte sich dreinmischen. Er sagte wie ein Schulmeister so trocken: »Aber Mädchen, wenn es dir doch nicht mehr weh tut, so laß den Zahnarzt und . . .«

Da traf ihn ein kühler Blitz aus den Augen des jungen Landherrleins. Das Wort erlosch. Dafür befahl Carletto: »Redet uns nichts von der Art! Agna weiß, daß sie muß!«

Himmel, wie der Bub das Wort »muß« aussprach! Aber er strich dem Schwesterchen hiebei seine lange, lederharte Hand möglichst schonend über das flimmernde Haar und flüsterte weicher: »Nachher dankst du mir, ich weiß.« Ich sah sogleich, daß dieser junge, steinharte Mensch doch auch einen schönen warmen Funken barg. Wen er liebt, der wird es gut bei ihm bekommen. Wen er schirmt, dem kann nichts Übles passieren.

Aber das Kind flennte beinahe und flehte dazu: »Nein, du bist böse gegen mich. Ich will nicht, ich will nicht.« – Sie stampfte mit den Füßen.

»Meine hübsche Agna«, wandte ich ein, begierig, nicht bloß dieses Kind, sondern auch den großartigen Burschen freundlich zu stimmen, »jetzt hör' einmal, was mir drunten in Rom ein Bekannter aus dem Quirinal erzählt hat. Es ist ein Geschichtlein vom König und noch mehr von der Königin, aber am allermeisten von ihrem kleinen Mädchen, Jolantha, oder wie es heißt, das gerade so alt ist wie du, Agna, aber nicht so schön, auch wenn es ein goldiges Mützlein und ein seidiges Röcklein trägt, nicht so schön wie du.«

Agna lächelte durch ihre Schmerzen hindurch. Dann sagte sie hurtig: » La Principessa? la piccola Principessa? Und hat auch Zahnweh gehabt?«

»Fürchterliches Zahnweh! Denn da saß auch so ein frecher Lümmel im Mund, und alle Tropfen von Wacholder und Genziana verfingen nicht. Das holde Königskind bekam Fieber in der Nacht, daß seine runden Backen funkelten. Am folgenden Tag war es dann ganz müde und unlustig.«

»Siehst du, Agna«, belehrte der Bub und zwinkerte mir schlau zu, damit ich merke, wie gut er meine List verstehe, und nicht etwa meine, er halte diese Fabel für wahr, er, Carletto Amaro, der gescheite Pächtersohn. »Siehst du, ganz wie du«, wiederholte er scheltend und warf mir sogleich wieder den früheren großartigen Blick zu. Aber nicht mehr wie ein General einem gemeinen Soldaten, sondern etwa wie einem Hauptmann gegenüber. »Und weiter, Signore!« gebot er kühl.

»Nun ja, weiter war nichts zu tun, als den groben Zahn auszuziehen. Das sagte die Königin dem Kind. Denn sie ist eine tapfere Dame. Sie kommt hoch von den Schwarzen Bergen her. Aber da lief die Principessa zum Vater König und weinte und wollte nicht. Und der König, Agna, du weißt, ist ein weicher Mann und kann es nicht haben, wenn jemand leiden muß, und besonders nicht, wenn seinen Kindern etwas Schmerzhaftes droht. Und so sagte er aus seinem Vaterherzen heraus: »Nein, nein, du mußt nicht zum Zahnarzt gehen. Es wird schon von selbst wieder besser. Wir machen Umschläge mit Schwarzbrot und Essig wie die Leute in Piemont und wir gehen nicht an die Zugluft und betten uns nachts recht warm, und weg ist's!«

»Siehst du, siehst du«, frohlockte Agna zum Bruder, der mich wieder anfing wie einen ungeschickten Gemeinen oder allerhöchstens wie einen Korporal zu betrachten. »So mach' ich es auch. A casa, a casa!«

»Aber«, fuhr ich eilig weiter, »nun kam die schöne Königin Elena ins Zimmer des Königs gerauscht. Sie ist eben eine ganz große, gescheite, mutige Frau. Und sie lachte und spottete dem Kind ins Gesicht: »Willst du denn immer eine Puppe bleiben? ein Bambino im Wickel? Hundert und tausend italienische und deutsche Kinder lassen heute einen kranken Zahn ziehen, damit ein gesunder nachwächst. Hundert und tausend Kinder schreien ein wenig, und dann laufen sie heim und bringen den Zahn wie einen erschossenen Raubvogel der Mutter und lachen und sperren den Mund weit auf und zeigen das Loch. Und sie alle können sagen: Vater, ich habe schon einen kleinen Schmerz ausgehalten! – Aber mein Prinzeßchen will keine Schmerzen ertragen. Nein, ihm soll man nur immer Zuckerstengel geben und Flaumkissen. Und doch muß es einmal leiden und sterben wie jede andere Jolantha oder Agnese oder Rosina.« –

Da ward das Kind still, und sogar der König probierte kein Wörtlein dagegen zu sagen.

»Aber«, redete die schöne Königin weiter und ihre Seide rauschte gewaltig wie in einem starken Wind, »König mein, willst du auch noch helfen, daß unsere Kinder die schwächsten im ganzen Lande sind? daß sie sich hinter die Hintersten stellen müssen? Sollen sie nicht vor die Vordersten stehen? Meinst du, König, wenn das Prinzeßchen diesmal den Zahn nicht ziehen läßt, es komme später nicht wieder ein böser Zahn oder weher Finger oder sonst ein Schmerz? Und je älter es wird, immer ein größerer Schmerz? Den kann es noch weniger überwinden. Ist es aber erwachsen, dann kommen für unser Kind die ganz großen. Dann wird Jolantha in die Knie brechen und schon vor Angst sterben. Und doch sollte sie einmal Königin werden, eine Mutter des ganzen Landes. Ja, eine saubere Mutter, wenn sie nicht einmal einen Milchzahn ausreißen läßt! Nichts da, unser Kind muß sich an die Schmerzen gewöhnen. Haben etwa du, mein König, und ich uns nicht auch schon früh daran gewöhnt? Und war es nicht gut so? Weißt du noch, Vittore Emanuele?« . . .

Der König nickte. Er sah die alte Stadt Monza, ein großes Volk, wilde Sonne, einen Revolver neben dem Wagen seines Vaters aufblitzen und hörte wieder, wie einer voll Schweiß auf ihn zusprang und rief: »Man hat deinen Vater erschossen!«

»Ja, holdes Schätzchen«, sagte er ernst, »die Mutter hat recht. Du mußt dich an die Schmerzen gewöhnen. Du mußt unsern Töchtern vorangehen. Das muß eine Prinzessin!«

Das Königskind hörte stumm zu. Ei, es hatte nun doch auch ein tapferes Seelchen. Bergleuteblut rollte in seinen Adern, gerade wie in den deinen, hübsche Agna. Von der Mutter her, die in den Bergen geboren worden ist. Und in den Bergen sind die Menschen viel mutiger. So hat denn das Prinzeßchen sogleich genickt und gesagt: »Ich will! Ich will! Laßt nur sogleich den Doktor kommen. Ich werde nicht einmal schreien, wenn er mir die Zange in den Mund steckt.«

»Und weiter, was geschah weiter?« drängte mich Agna mit unbeweglich offenen Augen.

»Der Doktor kam und zog den Zahn. Es war ein sehr böser, tiefer, fester Zahn. Man konnte es fast nicht begreifen, wie so ein Unhold in ein so feines Mündchen gekommen war. Aber das hohe Kind tat keinen Schrei. Es hatte nur nasse Augen und ein Rümpflein in der Stirne, als der Doktor den Zahn mit einem Tropfen Blut an der Wurzel dem Kind vor die Augen hielt. Aber es lachte. Und nun bekam es zuerst vom König und dann auch von der Königin einen prachtvollen Kuß. . . .«

Agna hüpfte auf. »Fein, fein! so mach' ich's auch«, sang sie lustig. »Jawohl, der Zahn muß ausgerupft werden. Hört, was schreit man: Terni? Da ist es schon. Komm, Carletto, komm!«

Ich schüttelte dem Mägdlein das Händchen. Dann dem kühlen Jungen. »Evviva il Re Dolore!« rief ich ihm nach und blickte so drein, daß er nicht recht wußte, ob ich ihn, Carletto Amaro, oder das so nützliche Zahnweh meinte.

»Evviva!« antwortete der Knabe und schenkte mir zum Abschied einen Blick, wie ihn ein würdiger General weder einem Korporal noch einem Hauptmann, sondern einem ebenso würdigen General gibt. Ich war aber auch ordentlich stolz und froh über diese Auszeichnung.

Agna jedoch trampelte schon über die zwei hohen Wagentritte hinunter und rief mit frohen, wenn auch nun wirklich vom Schmerz ein bißchen verzogenen Kinderlippen hell wie ein Trompetchen: »Evviva la Principessa!«

Unter der Türe gab mir Carletto einen höflichen Schupf und sagte »Das haben Sie erfunden, Herr! Sie sind gewiß so ein Poeta oder Scrittore. . . .«

»Hast du gehört«, unterbrach ich ihn schnell, »wie das so tapfer klang: Evviva la Principessa!? Geh schnell mit Agna! Nun ist sie mindestens auch so ein tapferes Italienerkind wie Jolantha.«

»Aber das haben Sie erfunden«, beharrte der Junge noch unten am Wagen.

Ich überhörte ihn. Denn nochmals winkte mir Agna lustig zu und nochmals schellte es kostbar süß von ihrem wehen Mündchen: »Evviva la Principessa!«

Den ganzen Tag lief mir dieses Wort nach. Wo von einem Campanile das Glöcklein bimmelte, wo ein Kind auflachte, wo ein Vogel zwitscherte, immer meinte ich das Evviva la Principessa! zu hören. Und so oft es in mein Ohr sang, sagte ich mir: Ja, lebe hoch, König Schmerz, der vor keinem noch so hübschen und noch so hohen Wesen halt macht! Und lebe hoch, du kleines Seelchen des Südens, des Nordens, kleines Menschenseelchen aller Winde und aller Prüfungen, das aus dem Schmerz das Lachen, aus dem Leiden die Kraft, aus der Mühe des Lebens seinen Triumph holt. Hast du vor der Zange des Zahnarztes nicht gebebt, wirst du auch vor der Sense des Todes einst nicht zittern.

Im Felsenstädtchen Narni.

Es war tiefer Abend, und Straße und Nerafluß waren schon ganz in violette Schatten gehüllt, als ich hoch ob dem Dunkel in den Felsen mit Mauern und Türmen ein Städtchen sah. Mit den Füßen fest im Gestein, aber die schönen Schultern in den schwindelnd blauen Himmel gehoben, war es im Verlöschen der Sonne wie ein Werk halb aus Himmel, halb aus Erde anzuschauen. Ich stieg den Hügel hinauf und schlief in einer Kammer mit offenen Fenstern und einem wunderbaren Blick auf die dämmernde Abendlandschaft in der Tiefe. Beim Erwachen aber schien der ganze luftige Morgenhimmel durch diese Fenster hineinzustürmen.

In den Stufengäßchen und auf den offenen Plätzen war es herrlich herumzuvagabundieren. Da ward nun doch einmal nichts als Italienisch gesprochen. Heißer Sommer lag auf den grauen Dächern. Die Fliegen summten. Nun liegt Deutschland im Gebirg oder Meerbad, England allenfalls noch in einem kühlen Museum von Perugia oder Siena; die Herrschaften aus Rom und Florenz nisten sich weiter oben im Abruzzengebiet ein. Die Seele des Volkes blieb ungestört in ihrem Haus.

Narni hat seine Kathedrale, eine alte, feierliche Basilika, seinen Bischof, sein Rathaus, seine Brunnen, Abbati und Nonnen, seine mittelalterliche Burg, seine Signori, es hat seine lästerlichen Bettler, seine Schelmen und seine sehr schönen, tief verschleierten Matronen. Am Palazzo Comunale herrscht schon um zehn Uhr vormittags eine sengende Hitze. Aber zwischen ein und zwei Uhr nachmittags kam der Meerwind wie immer und strich erfrischend über die Ziegel und heißen Köpfe. Nun ward Narni munter. Das Laufen und Plappern in den Gassen fing an und wurde gegen Abend immer stärker und für den Fremdling entzückender.

Die Leute sind meist klein und mager und haben ein sonnverbranntes Gesicht. Sie singen das A und rollen das R in ihrem städtischen Namen auf eine unnachahmlich süße Art. Man sagt, sie konnten das R früher überhaupt nicht aussprechen. Denn in den grauen Etruskertagen hieß die Stadt Nequinum und war ohne Zungenbeschwerde zu sagen. Aber die Römer, die keinen Buchstaben so lieben wie das speer- und panzerklirrende R, nannten die Stadt Narnia, und die weicheren Nachkommen lassen es heute mit einem milden I ausklingen.

Ohne weiteren Zweck, einzig zum Übernachten, war ich hergekommen. Aber nun blieb ich Tage und Tage hier und kam fast nicht mehr fort. Denn gar kurzweilig ist es in so einem klassischen Häusernest. Und man wohnt in Narni wie an der Türe zu den wichtigsten und feinsten Stuben der Welt. Noch ein paar Stufen hinab, und man steht vor der gewaltigen Campagna mit ihrem urweltlichen Hirten- und Historienodem. Da hocken wir Leutchen uns denn gern noch einmal zuvor an der gastlichen Narnischwelle so recht schwalbennestlich zusammen. Aber auch schon mit etwas Zugvogelgeist! Man versucht schon leise seine Fittiche. Ein paar schöne Schwünge ostwärts, und man sitzt auf den Gipfeln des Gran Sasso. Aber heute und morgen und übermorgen bleiben wir hier und halten uns recht warm!

Das Städtchen ist klein. Ich kannte bald den Pfarrer dieser und jener Kirche, den frühesten Eisverkäufer, den lautesten Zeitungsjungen, den ältesten Bürger und den Laden, wo man für ein paar Soldi sozusagen alles und noch einiges kaufen konnte, vor allem ganz wunderbare Schuhschnüre. Und haltbare Schuhschnüre sind etwas Wichtiges im Menschenleben. Wenn sie reißen, hält kein Schuh mehr, gibt es keinen richtigen Erdenschritt, ist alle Ordnung und Disziplin des Lebens zunichte. Aber Schnüre, gewichst und glänzend, wie die des Händlers Bornio, von seinem Burschen Vittorio dreimal durch die Tigerzähne gezogen, um ihre irdische Unverletzlichkeit darzutun, solche Schnüre geben dir einen festen Schritt und damit einen wahrhaft männlichen Charakter. Du fühlst dich groß, stark, einheitlich, du holst aus wie ein Riese, die Welt dünkt dich klein. Nichts ist dir unerreichbar. Du lachst. So eine Kleinigkeit wie Schuhschnüre! Aber ich sage dir, in dieser Kleinigkeit hängt der ganze Mensch.

Auch die Musikanten von Narni und den Organisten Leponti kannte ich sofort, den Tüncher Berani aus Neapel und das Fräulein Bigna, das rote und blaue Nastüchlein straßauf straßab verkauft und bei allen Heiligen von Umbrien beteuert, daß sie nicht abfärben. Und zum Beweis schneuzt sie alsogleich in so ein rotes Tuch und zeigt es triumphierend her: Ecco, was rot ist, bleibt rot, und die weißen Tupfen bleiben weiß. Nun hat das Jüngferlein ja freilich ein sehr schönes Stulpnäslein, so daß diese Reklame immer noch appetitlich bleibt. Ja, es gibt Bürschchen in Narni, die dann gerade so ein Musterfazzoletto wollen, in das Teresa Bigna sich vorwitzig geschneuzt hat, und das Mädchen ist schlau genug, den roten Fetzen sogleich um zwei Soldi teurer anzubieten.

Aber ich kannte auch die drei vornehmsten Knaben aus dem altadeligen Geschlecht der Portaglioni, die immer miteinander in einem unvergleichlich kavalieren Schritt die Gassen niederspazieren, Ellbogen in Ellbogen, sich auch im engsten Sträßchen nicht loslassen, so daß man ihnen ausweichen muß, und die dann und wann eine halbe Zigarette einem Barfußjungen vor die Füße werfen und sagen: Carling, da, rauch sie fertig! Und Carlo Sestini, der Sohn des Portiers im Palazzo Portaglioni, nimmt sie flink auf und putzt das Mundstück ab, nicht etwa aus Ekel, sondern aus Ehrfurcht, und raucht dann stolz und glücklich den Rest fertig. Weiter unten gegen das Ristorante del Re steht einer der Prinzen dem Balzo Feda auf die nackten Zehen, weil er ihn so verwundert angeglotzt hat, und sagt mit seinem feinen Herrenstimmlein: »Schrei nur, du Laffe! warum gaffst du mir so dumm ins Gesicht! Da hast du's!« – Jedoch, vor dem Albergo di Luna schwingen alle drei ihre Panamas in einem flotten Kreisel über dem glatt gekämmten Scheitel und grüßen ritterlich an ein Fräulein von sechzehn Jahren hinauf, das am Fenster sitzt, bleich und kühl, als friere es da oben im Schatten, und sich doch in feierlichem Hin und Her die Wangen fächelt. Das ist das Nichtlein des Bischofs! Es nickt ein bißchen und lächelt schwach hinunter. Und die drei Ritter verneigen sich auch ein wenig. Aber der bleichste von ihnen mit den schwärzesten Augen, der gleiche, der vorhin den armen Zeitungsbuben Balzo so grausam mit dem blanken Stiefel getreten hat, wirft hintenher mit seiner schmalen Aristokratenhand einen galanten Kuß hinauf. Jetzt errötet das frierende Kind oben am Gesimse und deckt sich schnell das Gesicht mit dem Fächer. Und so bleibt es, bis die Jünglinge längst um die Ecke verschwunden sind. Dann schaut es furchtsam in die Gasse, ob wohl jemand etwas bemerkt habe. Dann lächelt es leise und schließt die Augen halb und erlebt das süße Ereignis noch einmal und friert auf einmal nicht mehr. Da knarrt die schwere Türe hinter ihr im dunkeln Zimmer auf, und die schwarzverschleierte Mutter, ein großes Gebetbuch in der Hand und schon einen ganzen kerzenreichen Gottesdienst in den Augen, ruft leise: »Kind, komm! es ist Zeit!« – »Gern, gern«, klingelt das Mündchen der Kleinen; sie wirft ein weißes Spitzentuch über das schwarze Haar und geht mit der Mutter in die Abendandacht O, sie kann jetzt fröhlich beten! Ganz tapfer ist ihr zumute. Besonders für einen Menschen will sie beten. Ja, für ihn ganz allein diesmal. Denn er selber betet wohl nicht mehr viel und ist ein gefährlicher Knabe. Aber am Sonntag – nein, er ist doch ein guter! – da spielt er im Hochamt das Ave Maria auf seinem Cello während der Opferung. Es tönt durch die alte Kirche süßer als der reinste und frömmste Vogelgesang. Es zwitschert und zittert und seufzt um die alten Marmorengel an den Säulen, zum Onkel Bischof auf seinem geschnitzten Thron und vor die vergoldeten Türen des Tabernakels. Und der Bischof blickt vom Pultbuch auf, und Domherr Agni vergißt zu schnupfen, und die Mutter selbst, die strenge Donna, nickt auf und ab mit ihrem steifen Kinn: »Dieser Innocente di Portaglioni ist ein junger Erzengel, ein Michael oder noch vielmehr ein Gabriel.« – »Nein, Mutter, nein«, erwidert das Mägdlein, »so heilig ist er nicht. Vielleicht jetzt, wo er geigt. Da vergißt er alle Bosheit. Aber in der Stadt plagt er die Mädchen und die Knaben und ist jähzornig wie ein Gewitter und will, daß ihm alle gehorchen. Heilige Maria, Mutter Gottes, bitt für uns arm . . . bitt für Innocente, den armen Sünder, jetzt und in der Stunde unseres Absterbens. Amen!«

Indessen wandern die drei Portaglioni die dämmernden Sträßchen auf und ab, schauen alles an, als gehörte es ihnen, reden, mit wem sie wollen, trinken da ein Glas Eislimonade, kaufen dort ein Biskuit und lassen sich vom Schuhhändler Magazzi das neueste Paar Herrenstiefelchen zeigen, grüngelbes Leder, Schnüre wie goldene Schlänglein, einen Schnitt und eine noble Fußspitze wie gemacht für sechzehnjährige schlanke Cäsarenschritte. Sie mustern sie, stoßen schnell ein paar Worte aus und gebieten mehr mit der Hand als mit dem Mund: Daß dieses Paar noch heute abend ins Palazzo getragen wird . . . Schurke, heute abend noch, sonst . . .! bedeutet Innocente dem Laufbuben.

Ach, sie haben Geld, diese Knaben! Nur einige Sommerwochen wohnen sie hier oben in ihrem Stammhaus, mit einem Hauslehrer, zwei, drei Dienern und dem Verwalter, alles Leuten voll Buckeln und Bücklingen. Denn die Mutter ist leider gestorben, als noch keiner der drei Buben ordentlich laufen konnte, und der Vater politisiert in Rom und geht den eigenen, wahrlich nicht häuslichen Freuden nach. Und so ist es nicht zu verwundern, wenn die drei jungen Marchesi nun laufen, toll und böse und gewalttätig und in so harten feinen Stiefeln, als ihnen gerade gefällt, so vielen Abhängigen diese Sohlen auch Schmerzen machen. Später weilen sie im Meerbad zu Livorno oder in einer Bergvilla gegen Vallombrosa zu. Die übrige Zeit verbringen sie in Rom. Sie studieren alle drei Rechtswissenschaft und kümmere sich daneben um nichts als die eigene Rechthaberei. Aber sie haben alle etwas Gutes an sich, einer musiziert großartig, Cenzo malt vortrefflich, und Piero ist ein Mathematiker kühlen Geistes. Dabei reiten sie, fechten sie, spielen sie Boccia wie kein zweiter in Narni, und endlich werfen sie Geld nach allen Seiten aus, und wen sie wohlmögen, den überschütten sie mit den herrischen Almosen ihrer Barmherzigkeit.

Wie sie den Hauptweg herauf zum Palazzo zurücksteigen, kommt ihnen der barfüßige Balzo wieder in den Weg. Sicher, er hat auf sie gelauert. »Vossignoria«, sagt er diensteifrig, »das haben Sie verloren, eccolo!« Und mit seinen Sudelfingern hält er ihnen ein weißseidenes Taschentüchlein entgegen, das einem der Marchesi entschlüpft sein muß. Denn es ist mit einem verschnörkelten Wappen und prachtvollen P in jeder Ecke bestickt. Schlau hält er das Tuch hin. Und dieser ewige Innocente mit seinem so unpassenden Taufnamen schaut es an, spuckt hinein und wirft es dem Bettelbuben ins Gesicht: »Teng! behalt es nur!«– Ich hab es zufällig erhascht, dieses elende, hochmütige Teng! Und so empört war ich, daß mir die Füße in den Sandalen zitterten wie auf einem schwindeligen Grat in den Abruzzen.

Ah, das sind nicht mehr die Jungen von Pratimonti und Ferocemonte! Denen sollte einer auf die Zehen treten oder so einen Fetzen besudeltes Almosen ins Gesicht schleudern! Potz, die würden so ein Gräflein nicht übel in ihre Hirtenfäuste packen und aufs Pflaster strecken. Aber hier sind es wieder zahme Umbrier und ... ach, diese Leute kennen das Alphabet! Und das Alphabet lehrt ein wüstes, gemeines Wort, das heißt: arm, und ein schönes, kostbar duftendes, das heißt: reich! Und das gleiche Alphabet hat ein beschmutztes und verspienes Wort, das lautet: Knecht! Und es hat ein anderes Wort voll glänzender Härte, das lautet: Herr! – Merkt euch, ihr Schwachen und Furchtsamen und Dienstseligen, dieses Alphabet gut!

Indessen, diesem Lümmel von einem Balzo bin ich am nächsten Tag vor dem Städtchen begegnet. Er verkauft morgens und abends die römischen Blätter und den »Corriere«. Jetzt war er eben fertig mit dem Morgengang, zündete eine letzte, verkrempelte Zeitung an und hielt sie tapfer in der Hand, bis sie ganz Feuer war. Da ließ er sie fallen, und ich sah etwas Schlüpfriges und Schnelles aus der Flamme gleiten. Eine Eidechse! Der Schlingel hatte sie im »Secolo« munter verbrennen wollen.

Sogleich verflog mein soziales Mitleiden und ich brummte: Es geschieht ihm ganz recht, wenn sie ihm wacker auf die Füße treten!

Am Abend saß ich im Scheine der Lampen vor dem Ristorante Barzola und trank mein Korbfläschchen Chianti. Der Himmel blitzte von sieben oder acht großen und hunderttausend ganz kleinen Sternen. Ringsum an den Tischen ward getrunken sehr spärlich und geraucht ganz ungeheuer. In den Nebensträßchen schäkerten die Mädchen und jubelten oder pfiffen die Gassenrangen. Manchmal kam ein Schrei aus dem Dunkel ans Licht zu uns herein. Zuerst hatte es wie Schrecken geklungen, ward dann aber zahmer, je lichter es ringsum wurde, und schien zuletzt in Lustigkeit aufzugehen. Mir war wohl wie nie auf der schweren Schweizer Erde. Ich hatte an keine Briefe und Bücher zu denken, an keine alte Studierstube, an keine Besuche, an keine Arbeit und Sorge. Ich war frei. An den Tisch da konnte ich sitzen und mit dem Ellbogen auf die Platte klopfen und sagen: Gebt mir Risotto und roten Wein! Und ich konnte an den Tisch dort sitzen und sagen: Ich will ein Hühnchen und Makkaroni! Und an einen dritten Tisch konnte ich sitzen und befehlen: Hier laßt mich einen Kaffee trinken und schweigen und zuhören! Ach, wie frei, wie leicht, wie vergnügt saß ich da! Nie waren mir die Hosen so bequem, nie Rock und Weste so weit und lustig vorgekommen. Es nahm mir den Humor darum auch nicht, als plötzlich die drei vornehmen Jünglinge wieder kamen, Arm in Arm, niemand ausweichend, und sich, da alle andern Tische rasch besetzt waren, an meine kleine Tafel setzten. Allerdings, sie machten eine sehr artig entschuldigende Verbeugung. Rechts und links zog man tief den Hut vor den Grünschnäbeln ab. Zweimal redete sie eine Notabilität von Narni, der Sindaco und ein prachtvoll aufgeputzter Maggiore an. Aber was die Knaben erwiderten, war ein kurzes Si! No! Si! Mehr schenkten sie keinem Ohr. Dazu rauchten sie sehr feine, würzige Zigaretten, deren Duft durch den übrigen Tabakrauch in blauen, zierlichen Weihrauchringeln in die Nachtluft flog, ohne sich mit dem allgemeinen Kanaster zu vermischen.

Nun konnte ich sie genauer betrachten. Sie glichen sich im schmalen Gesicht, der geraden Nase, dem zierlichen Mäulchen, den kleinen, abstehenden Ohren aufs Tüpfelchen. Auch das Haar hatten sie halbkurz geschnitten und über dem linken Ohr sauber gescheitelt. Schwarz war dieses Haar, aber noch viel schwärzer waren die großen Augen, die nur ein dünner Kohlenstrich von Braue überwölbte. Es waren Drillinge, zur selben Stunde geboren, in einer regenfinstern Weihnacht um die Zwölfe. Nicht der Glanz des goldigen Bambino, sondern das Dunkel jener Mitternacht hing an ihnen. Doch funkte und zuckte ein heißes Leben von ihren hellen Lippen, und so kalt und ruhig ihre Augen schienen, sie leuchteten doch bei jeder Bewegung wie ein nächtliches Wasser auf.

Sie leckten Gefrorenes mit Schokolade, und der dunkelste von ihnen, der den Becher im Nu ausgelöffelt hatte, hämmerte mit den langen, wohlgepflegten Fingern ungeduldig auf dem Tisch, als wartete er auf etwas. Er redete kein Wort. Die beiden andern dagegen schwatzten mit ihren halbgebrochenen Stimmen über jedes Mädchen, das vorüberwandelte, mit kritischem Blick und herrischer Freiheit.

Da hörte man von ferne ein lautes, schrilles Gebrüll: »Novità, recentissimi Telegrammi!...« Die Gesellschaft reckte die Köpfe aus dem Gesumme. Das Geschrei kam näher. Einige Männer machten einen Soldo bereit. Der olivenfarbenste von den drei Brüdern, Innocente, griff geradewegs in die Westentasche nach der ersten besten Münze, und seine Augen loderten gewaltig der Stimme in die Nacht entgegen.

»Stupenda cosa... Signori...«, brüllte es schon nahe, »... incredibile notizia da Londra!... eh... mirando discorso del Presidente... leggete, leggete!«

Jetzt taucht eine flinke, geduckte Figur aus dem Dunkel. Sieh da, unser Balzo, der Eidechsenquäler. ... Il Polo Nord e preso!«

Mit seinem breiten Dickkopf überfliege er die Gesellschaft triumphierend. Kann ein König Größeres melden? Er sieht alle Hände nach sich ausgestreckt und faßt schon mechanisch eine entsprechende Menge von Zeitungsnummern zwischen die kurzem, schmutzigen Finger: »... sei... dodici... ventun... ebben ventun!« Da erst erblickt er hinter dem Balkonpfeiler unsern Tisch und die drei Marchesesöhne. Einer von ihnen winkt ihm gebieterisch über alle Tische her. Es ist Innocente, der ihm die Zehen zertrat. Und wie ein treuer Hund beachtet Balzo keinen der einundzwanzig schreienden und heischenden Menschen mehr, sondern bricht sich mitten durch Gäste und Sessel hindurch Bahn und legt die erste und oberste Zeitung dem Olivengrünen mit einem tiefen Knicks bequem und entfaltet auf den Tisch. Dann den beiden andern je eine. Darauf wirft der erste, schon in die Zeitung vertieft, eine Silbermünze gegen den Buben. Der, beide Hände voll Zeitungen, schnappt sie wie ein Pudel mit dem Mund auf und grinst glücklich dazu. Diese bleichen Adelsbuben in den feinen gelben Hosen sind verdammt hochmütig und launisch, das ist wahr. Aber dafür geben sie ihm Silber. Das gleicht sich prächtig aus. Und sie klopfen ihm oft auf die Achseln wie einem ihresgleichen oder lassen ihn ein halbes Glas Gazzosa austrinken. Was wahr ist, muß man gelten lassen.

Nun erst, mit der Silbermünze zwischen den blitzenden Zähnen, geht Balzo Feda von Tisch zu Tisch und verteilt die übrigen Zeitungen. Zwischenhinein spuckt er die Münze in den Ärmel und schreit mit heiserer Stimme weiter: »Trovato il Polo! Miratevi, Signori!... da P...ë...a...r...i!«

Also doch, also doch, sagten die Leute. Der Nordpol entdeckt! Das ist das Oberste von der Welt, das Schwierigste, das Eisigste, wo die weißen Bären hocken und wo sogar die Luft gefriert. Und ein Engländer hat ihn gefunden! Diese verfluchten Engländer! Erst haben sie sich an einem Seil in den Höllenkrater des Vesuv hinuntergelassen, und jetzt finden sie mitten in Eisbergen auch noch den Nordpol. Nichts ist ihnen zu kalt und nichts zu heiß. . . . So redet, schreit, erklärt man, gebärdet sich wie ein Mitentdecker, und der Barbier Tononi, ein geborner Römer, zeigt, wie die Seehunde watscheln, und ahmt das blöde Schnüffeln der Walrosse nach. Man plaudert von grünem Eis und von 70°Celsius unter Null. Und wirklich, in die immer noch große umbrische Schwüle dieses Bergstädtchens kommt nach und nach ein kühles, süßes, eisblaues Aroma vom obersten Globus und legt sich auf das stets noch sonnenwarme Pflaster und frischt die müde Luft.

Die drei Herrchen lesen und rauchen und löffeln ein zweites Glas Limoneneis aus. Sie verwundern sich gar nicht über die Eroberung des Nordpols. Das gehört sich, daß man diesen Fleck Erdkugel endlich erreicht. Und überhaupt, man soll nur erfinden und entdecken und durch alles Land und alle Wissenschaft sich hindurchschwitzen! Wozu sind denn die Menschen da? Doch zum Dienen und Helfen und Bequemmachen der Welt. Dafür zahlen wir sie, und dafür müssen sie uns unterhalten und die Zeitungen mit ihrer Not und ihren Erfolgen füllen. Wir reichen Marchesi sitzen dann an ein Glas süßes Eis, kaufen die Zeitung und lesen ihre Geschichten. Ehre genug für sie, unsere braven Theaterspieler!

Genußselig schlecken sie an ihrer Süßigkeit weiter. Inzwischen hat Balzo allen sein Blatt ausgehändigt. Nun kommt er an unsern Tisch zurück. Er hat mich sogleich erkannt und zwinkert mir verschmitzt mit den Augen zu. Na, Herr, soll das heißen, die Eidechse ist ja nicht verbrannt, machen wir Frieden!

Bescheiden rückt er an mich heran und frägt: »E Lei, Signore, ne vuole? Il Messaggero?«

»Gib mir denn einen!«

»Benbene, il Polo ë trovato da P...ë...a....r...y!«

»Da P...i...r...i, si dice!« knirscht Innocente mit aufblitzenden Augen und tritt geschickt mit seinem schönen gelben Stiefelabsatz dem Burschen auf die Zehen, genau wo er ihn gestern gequetscht hat.

»Uch... ch...ch...risto santo!« schreit Balzo und hebt das Bein. »Stimatissimo Signorino, perche non l'altro?«

»So gib den andern Fuß her, vorwärts!« lacht Innocente belustigt.

Aber Balzo hütet sich wohl, den rechten Fuß auch noch treten zu lassen. Sorglich zieht er vor den gelben Schuhen seines Peinigers die nackten Füße zurück. Nun erst sehe ich, daß Innocente das wundervolle neue Paar trägt. Wie viele Füße wird er wohl mit diesen neuen Stiefeln treten? Und wann kommt wohl einmal die Reihe an ihn? Etwa nie? Das wäre gegen alle Ordnung.

Balzo Feda jedoch blieb immer nahe stehen und beguckte mit frechen Bettleraugen die drei Eisbecher. Innocente hatte noch ein zitronengelbes Stücklein Eis im Glas. Darf ich? flüsterte Balzo und streckte die Hand darnach aus.

Der bleiche Innocente wirft rasch seine angebrannte Zigarette in den Becher, daß es zischt. Dann nickt er und sagt: »So, nimm jetzt!«

Balzo Feda, nicht faul, fischt sogleich die Zigarette aus dem schwimmenden Eis, leert das Glas, bedankt sich und bittet um Feuer.

Der junge Baron zündet sich sofort eine Zigarette an und da, wahrhaft! hält er sie Mund gegen Mund an das Stümplein des Bettelbuben, bis dieses wieder hübsch aufglimmt. Gleich dampft Balzo eine mächtige Wolke aus beiden Nasenlöchern, bedankt sich nochmal mit tiefgeneigtem Kopf und spricht: »Vossignoria fedelissim' Servitor! felice notte!«

Dann taucht er im Dunkel unter. Aber an der nächsten Straßenecke brüllt er nochmals: »Der Nordpol entdeckt von P...i...r...i! si dice P...i...r...i!«

»Er ist ein guter Teufel,« lachte Innocente. »Da hört, nun spricht er schon P...i...r...i!«

»Auf Ehre, das ist ein flinker Schüler«, mischte ich mich ein. Ich konnte nicht mehr schweigen.

Der junge Herr sah mich verwundert und kalt an. Ich aber ließ mich nicht irre machen, sondern wiederholte mit einem boshaften Lächeln. »Geradezu das Ideal eines Schülers. . . .«

»Er ist ein armer. guter Narr!« beliebte mich jetzt der Sechzehnjährige zu belehren. Er redete nachlässig durch die Nase.

»Aber er wird bald englisch sprechen, ich wette, . . . diese Fußtritte . . .«

»O!« näselte das hübsche Marcheslein und blies eine blaue Zigarettenwolke aus dem Munde, » cotale non e sente..., das spürt so einer nicht.« Und wohlgefällig betrachtete er seine zwei gelben, schönen, grausamen Stiefelchen.

Aber Balzo ging, die Zigarette im Mund, spuckend und den Rauch durch die Nase ziehend, mit fröhlicher, wenn auch müder Schlingelhaftigkeit in sein elendes Quartier auf die harte Strohmatraze. Er überschlug, auf dem Rücken liegend, das heutige Geschäft. Es ist ein guter Tag, dachte er. Ich habe eine Zigarette, einen sehr guten Schluck Eislimone und eine Lira bekommen. Alles von diesem großartigen Innocente di Portaglioni, ungerechnet die üblichen Tageseinnahmen. Freilich auch zwei Fußtritte. In Gottes Namen. Für eine Lira und eine Zigarette ist das nicht zuviel. Aber morgen ziehe ich die Sandalen an.

Von nun an grüßte mich Balzo Feda immer sehr vertraulich. Sicherlich nur, weil er mich am gleichen Tisch mit seinen drei Prinzen gesehen hatte.

Am Tag meiner Abreise besuchte ich noch das Rathaus und betrachtete mir dort aufmerksam »Die Verkündigung Mariens«. Das Bild ist von Ghirlandajo. Viel Andacht war daraus nicht zu schöpfen. Es ist, wie so viele andere des gleichen Meisters, von einer gewissen malerischen Zungenfertigkeit, geschickt und sicher hingemalt und darf sich noch jetzt, nach vierhundert Jahren, in seiner farbigen Stärke sehen lassen. Aber es lebt so gar keine himmlische Atmosphäre in dieser Gruppe, alles hat seine kurze, eitel-irdische Absicht, jede Wolke, jeder Engel, jedes Lächeln. Dabei geht die einzige erlaubte Absicht, Andacht, geht die ganze religiöse Seele des Ereignisses verloren. Wieder wie so oft versuchte ich mir umsonst das Rätsel dieses Mannes zu deuten, der so viele Fresken und Bildnisse schuf, dieses Rätsel, gemischt aus Frische und Mache, aus Theater und Natürlichkeit, aus Geistesfülle und Seelenlosigkeit.

Da zog mich jemand am Ärmel. Der kleine Balzo Feda stand hinter mir mit seinem Bündel Morgenblätter. Er war barfuß, aber hatte eine Zehe schmierig verbunden

»Ist das nicht gut gemalt?« sagte er wichtig in seinem weichen Umbrisch. »Die Madonna und der Engel dort?«

»O . . . das macht sich . . . ich glaube, Maria war viel schöner und frömmer.«

»Das kann nicht sein. Ein Inglese hat allein für den Kopf des Engels Gabriel zwanzigtausend Lire geboten ... ein Inglese oder Amerikaner!«

»Ach, die Engländer und Amerikaner!« sagte ich leichthin und zuckte die Achseln.

»Oho, Signore, das sind die gescheitesten Leute. Die verstehen die Bilder und zahlen gut. Und sie erfinden am meisten. Sie haben den Nordpol erfunden ....«

»Erfunden ..., das glaub' ich eher als ... gefunden.«

»Gefunden, gefunden, Signore. P...i...r... i ist ein Inglese oder Amerikaner. Ne vuole?...« Er zeigte auf die Morgenblätter.

»Gib also!«

Er gab mir einen »Secolo«. Da erinnerte ich mich an jenen andern, brennenden »Secolo« vor zwei Tagen. Ich zahlte ihm das Doppelte, aber klopfte dann ernsthaft auf seine Achsel und sagte: »Vorgestern wollte ich dir eine Ohrfeige geben.«

»Ei was, Sie spassen. Warum denn?« fragte der Junge und machte ein unschuldigeres Gesicht als der Engel Ghirlandajos.

»Weil du die Eidechse verbrennen wolltest. Pfui, ein liebes Tier so martern!«

»Ma, Signore«, versetzte jetzt der Bub und lachte mit allen breiten Schaufelzähnen und unerhört ehrlichen Augen zu mir herauf, »cotale non ne sente, niente, niente..., das spürt nichts, gar nichts!«

Ich stand da wie ein verdutzter Professor, dem plötzlich mitten im Schelten der ganze Faden, ich weiß nicht wie, entschlüpft, so daß er sucht und schnappt und um sich greift und ohne Halt, wirr und stumm in den Stuhl zurücksinkt. Zuletzt, um nur den so verwunderten und spöttischen Augen des Balzo zu entwischen, sagte ich in heller Verlegenheit: »So gib mir doch einen Secolo!« Ich zahlte das Blatt – es war das nämliche, das ich schon in der Hand hielt – und lief davon.

O ihr gefühllosen Schlingel des Südens! –

Doch nein, ich nehme das zurück. Denn als ich durchs Städtlein ins Tal hinunterstieg, sah ich das Nichtlein wieder so still und frierend wie vor drei Tagen am Gesimse sitzen und scheinbar teilnahmlos ins Straßenvolk schauen. Aber dann und wann, wenn ein Gassenmensch zum Töchterchen aufblickte, nur einen Augenblick, aber mit den großen, frechen, starken Bubenaugen Italiens, dann schirmte sie das Gesichtlein rasch mit dem Fächer und getraute sich lange nicht mehr hervor. Alsdann war sie nicht mehr so alabasterbleich, sondern von einer scheue Röte wie nach einer großen Scham.

Ach, dachte ich mir, dieses Narni ist so ein kleines, vergessenes Bergnest. Und trotzdem gibt es da alle Freuden und Schmerzen, jeden Hochmut und jede Niedrigkeit der Welt. Cäsaren und Bettler, Engel und Teufelchen, Tyrannen und Märtyrinnen leben hier. Und dieses Nichtlein des Bischofs, das sich heimlich verzehrt in Sehnsucht nach dem schönen, stolzen Innocente und ihn doch halb verabscheut, sich schämt, ihn zu sehen, und dann doch wieder für ihn mit der Inbrunst einer Heiligen betet, ist dieses Jungfräulein nicht mehr als so ein Narnikind, ist es nicht das junge Italien selber, nämlich jenes junge, reine, edle Italien, dessen Herz nicht im Montecitorio, noch auf dem Kapitol, noch in den lärmenden Gazetten Roms und Mailands, sondern in einer scheuen, tausendfältigen Verborgenheit schlägt und sich freut und schämt, liebt und duldet und betet für seinen Geliebten, den noch so unruhigen, ungeläuterten, aus Stolz und Hochsinn, aus cäsarischem und gracchischem Geist, aber auch aus uraltem Sklavensinn gemischten, mächtig ausbreitenden Jüngling Staat? Werden sich diese beiden wohl einmal finden?

San Benedettos Dornen und San Francescos Rosen.

Die erste Nacht, die ich zur Pfingstzeit in den Sabinerbergen, in der Felseneinöde von Subiaco zubrachte, bleibt mir unvergeßlich.

Es ist wahrhaft eine Eremitenlandschaft, wohin sich der stolze, aufrechte Jüngling Benediktus im Brausen der Völkerwanderung und im Zerfall der alten Kultur flüchtete, um eine neue Kultur, eine klassische Zeit der Seele zu begründen.

Diese wilde Landschaft ist zu nichts als zu Einkehr und Ewigeitsgedanken geschaffen. Ich sehe wohl Blumen im Klostergarten, Hortensienstöcke an der Mauer und von einem Gesims schwer niederhängende Nelken. Aber wie düster ist das Grün, wie schwarz der überall hervorspringende Fels, wie feierlich das Rauschen des Anio aus den Schluchten herauf! Die Raben vom Sagro Specco mildern den Eindruck nicht. Und hoch über uns sind die Berge wie übereinandergebaut und beschatten nicht bloß die Erde, sondern auch den Himmel ob Subiaco. Alle irdischen Späßchen erlöschen hier glanzlos, und Fragen, grau und groß wie die Felsen, wachsen vor dir auf: Mensch, woher? . . . Mensch, wohin? . . .

Ich konnte nicht einschlafen in meiner klösterlichen Gastkammer. Die Aufregung malte mir, ob ich die Augen offenhielt oder schloß, stets riesenhafte Gestalten im Habit Sankt Benediktus' vor, mit weißem Scheitel, wallendem Bart, gesunden, roten Backen, aber einem welt- und himmelergründenden Augenpaar. Die Benediktinerpäpste, der große Gregor vor allen, dann die Maurus und Plazidus, Anselmus mit seiner wunderbaren Denkerstirne und dem scharf gehakten Kinn, Bonifazius, der Wanderriese, Gallus, der fröhliche Träumer, Bernhardus voll Honig und Salz, alle zogen sie in schleppend feierlicher Prozession an meiner Zelle vorbei, Schriftrollen unter dem Arm, Kirchenmodelle auf der flachen Hand oder den Finger am Mund, aber alle auf irgendeine feine Art auf den Mann in ihrer Mitte weisend, der das geradeste Haupt, den längsten Bart und den breitesten Heiligenschein ums Antlitz trug: Benedikti! . . . Silentium! Lärmt doch nicht so, ihr Menschlein, habt doch ein wenig Respekt vor der großen Seele der Einsamkeit!

Zwischenhinein hörte ich eine uralte, scharfzüngige Uhr die Stunden durch den Korridor schlagen. Dann wieder rauschte etwas zu meinem Gitterfenster empor. Waren es die Raben oder die Zypressen im Garten oder der Anio aus dem Tobel herauf oder der Wind von den Klippen der Sabinerkette? Oder rauschten die weiten Ärmel und Säume der Kutten so, die da wohl zum Chorgebet an meiner Schwelle vorübereilten?

Ich setzte mich ans Pültchen, zündete die Kerze wieder an und öffnete das vergilbte Büchlein, das ein freundlicher Mönch mir da neben ein Glas voll kleiner, völlig ungedörnter Rosen hingelegt und auf der elften Seite mit einem Merkzeichen versehen hatte. Aha, eine Legende ... von diesen Röslein ist die Rede ... von einem Wunder ... von ... ach, nein, ich will das heiligzierliche Geschichtlein gleich ganz aus seinem alten italienischen Druck heraus vorlesen ... vorsingen möcht' ich's lieber, wenn mir genug Musik dazu auf der Lippe säße.

*   *
*

Aus der Chronika unseres Stifts. Lies es einfältigen Sinnes, o Bruder Leser:

Eines Tages klopfte der arme heilige Bettelmann Franz von Assisi mit etlichen Gespanen seiner Regel an unserer fürnehmen Abtei und speiste im Refektori aus einer Schüssel mit unserem gnädigen Herrn Abt und dem ganzen Konvent.

Ganz eigen und erquicklich war da zu schauen, wie die gröbliche braune Kutte der Mindern Brüder und unsere feinere schwarze ein friedlich Farbenspiel abgaben. Aber nicht so einen Fadens und Sinnes spielten ihre Geister zusammen.

Unser Abbas zwar und der ehrwürdige Bruder Franz redeten vielerlei vom heiligen Erzvater Benedikt, und aus dem schier singenden Mund des Gastes ward das Lob unseres Stifters so süß wie das Geklingel unserer obersten silbernen Pfeiflein an der neuen Orgel zu hören.

Aber an den unteren Ecken der Tafel, wo die jungen Bettelbrüder neben unsern Fraters saßen, hub ein hitziges Disputieren an, was mehr gelte: aus Gottesliebe zu leben oder aus Gottesliebe zu sterben ... und spann sich dann mehr erdwärts: ob ein Engel oder ein meßlesender Priester verehrlicher sei ... um zuletzt ganz in der menschlichen Neugier zu enden: wer wohl größer sei, unser weiland Vater Benedikt oder dieser muntere Armutssohn Franz. Billig focht unser Konvent für seinen heiligen Abbas und ereiferte sich dabei schier gar mit geistlichem Übermut zu vexierlichen Anspielungen auf die barfüßigen sogenannten Mindern Brüder.

Dazumal glänzte unser Stift hier oben von Würdigkeit und strengen Züchten in die laue Welt hinunter wie ein lauterer Schneegipfel der Alpen. Aber, und das klagte der Abt dem Poverello, es wärmte nicht. Vielmehr verkältete es die Menschen, alldieweil viele Patres vermeinten, sonderlich hoch in unseres Herren Gnade zu stehen, alleine seine himmlische Gerechtsame zu genießen oder doch von seinen Erlesenen hinwiederum die Erlesenen zu sein. Sie beteten weit über die Mitternacht hinaus, kasteiten sich grausam, fasteten unmäßig für jedes enthüpfte irdische Lächeln und trieben die armen Sünder mit Geißel und Bußgürtel in den vom Wind verfegten Hof des Monasteri hinaus.

Daher sie nun den Gästen vor allem vom Hungern des Erzvaters, von seinem versiegelten Mund, seinen rauhen Stricken und dem Totenkopf aus seinem Pult erzählten und die geschornen Köpfe schüttelten, weil die Mindern Brüder noch immer lächelten und sich baß am eingeschenkten Wein und aufgeschütteten Obst erlaben mochten.

»Merkt wohl«, rief man, »daß Euer Ehrwürden niemals auf Rosen, sondern über gar bitteres Gedörn zur Stadt Gottes gelangt.«

Die Brüder lächelten noch lustiger.

»Merkt wohl, Brüder im Herrn, wie unser Erzvater da draußen Stachelbüsche großzog, worin er das sündige Fleisch und Blut erstickt hat! Auch wir pflegen das so, und ihr könnt in jeder Zelle eine Dornrute davon auf unserem Tischlein sehen. Doch ihr, so geht die Sage, liebet wacker das Singen und Scherzen, lachet mit Blumen und Vögeln und Kindern und anderem sotanem Flatterzeug, und euer Meister, nehmt es nicht für ungut, Brüder, steckt sich sogar Rosen, wie ein Verliebter, in den Gurt.«

»Gestrenge, fromme Väter«, wehrte sich jetzt ein kleiner brauner Frater, »wollet uns nicht für schlimmer nehmen, als wir sind. Weh uns, wenn wir nicht Dornen kännten! Fraget, Hochwürdige, fraget unsern Vater Franz, wie oft man uns durch die Gassen jagte, Hirnwütige benamste und von den Fenstern auf uns spuckte! Wie viele Kirchen und Klosterstuben man vor unserer Nase verrammelte und uns Zuchtlosigkeit und Ketzerei statt Brot vorwarf. Das waren Dornen, und die uns am tiefsten stachen, heiß' ich wie olim Paulus: die falschen Brüder.«

»Pst! Pst!« machten da etliche braune Kapuzen und schwänzelten keck mit dem Haubenzipfel. »'s ist lang nicht so schlimm, Elia, lange nicht!«

»Und wir leiden es leicht«, spann ein zweiter, blonder Frater den Faden fort! »Aber maßen das Leben der Faßlichkeiten und Herzplagen dick voll ist, täte ein wohlgeschaffenes Erdkind übel, wenn es das bißchen liebe lustige Herrgottssonne nicht in seine Kümmernis lachen ließe und nicht mit frohfarbigen Gänseblumen und Finkenpfiff und allen andern Ergötzlichkeiten, die zur Aufheiterung unserer schweren Gemüter erschaffen sind, sich die schweren Tage ein wenig erhellen und gleichsam aus unseres Herrgotts Malkasten unsere Schattenstube vergolden wollte. So mein' ich armer dummer Bruder Beppo. Verzeiht mir das unziemliche Widerspiel eurer Rede, Hochwürdige. Euer Ernst ist mir heilig. Aber Gott segne auch mein Lachen!«

Und wie er denn nicht anders vermochte, sperrte der junge, hellockige Bruder die unrasierten Lippen auf, daß die Zähne wie Kiesel hervorglitzerten, und lächelte den Konvent mit dem ganzen frischen Lerchengesicht, insonderheit mit ein paar so frohen, goldbraunen Augen an, daß die Sonne selber dagegen fast wie ein Schatten aussah.

Dieser lichte Übermut focht die gestrengen Klosterherren noch mehr an. Und als sie bemerkten, wie nicht nur der Bruder Franz, sondern auch sein Wirt, der Abbas selber, dem Jüngling gütig zunickte, da verdüsterten sich ihre grauen Mienen noch mehr. Er verzaubert alles, dachten sie. Da hat er schon unsern Gnädigen betört.

Nach dem Essen begaben sich die Mönche mit den Gästen in den Garten, wo Falter und Käfer über den Blumen schaukelten und die

Sonne wie in einem leisen Räuschchen über allen Beeten lag. Aber unsere Klosterherren achteten diese geflügelte Heiterkeit mit keinem Blick, sondern führten die braunen Brüder zu den finstern Dornenbüschen, die der Erzvater von den Felsen heruntergeholt und hierher gepflanzt hatte. Und stachelig und dunkel wie dieser Wildwuchs sah der Pater Senior selbst nun aus, als er dräuend gegen Franz und seine Jünger das Wort schleuderte: »Hier habt ihr den Wappenbaum des Gerechten.«

»Aus diesem harten Buch lesen wir Himmelstrost«, fügte ein Zweiter hinzu.

Ein Dritter: »Wer Tränen säet, wird Lachen ernten.«

»Wie dem alten Moses, zeigt sich uns Gott im Dornbusch!«

Mit solchen und andern mehr und minder biblischen Sprüchen zürnten die Patres gegen die Franziskaner, und man sah es ihren gedörnten Blicken an, daß sie auf nichts Hoffnung gaben, was nicht durch Marter und Seufzer erworben würde.

»Wem sein Heil lieb ist, der nehme ein spitzes Zweiglein mit heim«, gemahnte der Senior, »damit er in der Zucht des Herrn verharre. Fanget Ihr an, ehrwürdiger Bruder Franz.«

Der Mann von Assisi trat gerne hinzu und brach lächelnd ein Ästchen vom Gesträuch. Aber, o da, o da, seht! Wie Blut sprang es plötzlich aus dem Holz, und statt der Stacheln trug die Gerte eine Unzahl kleiner roter Rosen. Ein Schrei des Staunens ging durch den Garten. Über alle Beete ergoß sich das rosige Wunder. Strauch um Strauch lohte auf in einer solchen Feuersbrunst von Röschen. Was vorher wie eine schreckhafte Wildnis aussah, war jetzt nichts anderes als wie ein Meer von duftigen Rosenköpflein anzublicken, wahrhaft, wie ein einziges großmächtiges Lachen.... Widerlegt und beschämt durch sotanes Wunder und Zeichen des Herrn schlich einer unserer Väter nach dem andern, den Ärmel vor dem geblendeten Gesicht, in seine Klause. Ei der Tausend, auch der Dornstengel auf jedem Tischchen und Pültchen hatte sich in einen langen blühenden Rosenzweig verwandelt und räucherte die Zellen mit einem paradiesischen Aroma voll. Da erfaßten es denn auch unsere verbohrtesten Rigorosi, daß dem lieben Gott viel genehmer als alle Strengheiten der Disziplin eine freie, gottesfrohe Seele sei, und daß dieses eineinzigen Franz' Lächeln mehr wiege vor dem Himmel als zwölf Abteien voll schattiger Heiligengesichter.

So sind aus den Dornen Benedicti die Rosen Francisci gewachsen und röten und weihräuchern noch heute den alten Stiftsgarten. Du aber, frummer Legendenleser, mögest hinfür immer ein Schoß von Franzens wundersamem Rosenbäumchen, will sagen, ein kleines Lächeln mit dir durchs unzarte Leben in die ewigen Urständ' tragen! Amen.

Santissima Trinità

Dieser Wallfahrtsort liegt noch viele Stunden tiefer und einsamer im Gebirge als Subiaco. Man bricht zu Pferd oder Maultier nach Vesper auf und zieht den Abend und die halbe Nacht durch eine unbegreiflich einsame Welt. Steinhügel klaftert auf Steinhügel. Je höher man im Gerölle bergansteigt, um so grauer und größer wird die Wüste. Selten ein Krüppel von Pflanze, ein Zwergstrauch. Kein Haus, kein Mensch, kein Bach, kein Vogel. Eine ausgeworfene, versteinerte Welt.

In den Alpen meiner Heimat, hoch über dem letzten Halm und Laub, ist das Panorama der Höhen gewiß auch unwirtlich und steinig genug. Aber da gibt es doch noch Schnee, herrlichen Schnee, der das Grau unterbricht und als eine mächtige Erfrischung des Auges durch das gesamte Bergbild wirkt.

Welch einen Anblick bot unsere Karawane in der Nacht! Ein langer, langsamer Zug von Berittenen und etlichen in Holzsandeln klappernden Jungen, die unsere Tiere halten, Fackeln schwingen, den störrischen Eseln »ehe-e-e-he!« und »oho-o-o-ho!« durch die feierliche Nacht zurufen und hie und da einen dumpfen Schlag auf ihren Rücken fallen lassen, daß ich meine, das Tier müsse krach zusammenbrechen. Wir haben Proviant und Wolldecken bei uns für die kalte Nacht hier oben in den Apenninen. Ein Gaul zuhinterst befördert sogar eine Sänfte. Zuvorderst spielt ein verlumpter Kauz die Holzpfeife. Schwermütige Lieder sind es alle. Wie lichtscheue Nachtfalter schweben sie in die stille Nacht empor. Eine Gruppe Menschen vor mir murmelt lateinische Gebete. Es sind Landleute aus dem Aniotal. Dann plaudern sie wieder oder singen zur Flöte mit verhaltener tiefer Begleitstimme den melancholischen Refrain. In einer andern Gruppe dicht hinter mir reitet ein schwindsüchtiger Junge von vielleicht sechzehn, vielleicht nur zwölf Jahren. Das Leiden läßt ihn wohl älter erscheinen. Dem Prachtsmaultier sowie den köstlichen Decken, dem Sattelwerk und den drei Begleitern nach zu urteilen, die sorglich nebenhergehen und auf jedes Zucken der jungen violetten Lippen achten, muß es ein vornehmer Patient sein. Zuweilen blick ich über die Achsel zurück nach ihm und allemal friert mich bei diesem im Takt der Eselhufe auf und nieder geschüttelten steifen, schneeigen Gesicht des Todes.

»Wundervoll«, meinte mein Freund und Gespan, Carlitos de Herreras, ein Maler merkwürdiger Schatten und Lichter, »wenn man das im Pinsel behalten könnte bis morgen!«

In der Tat, die Unruhe dieser roten Laternen, die Riesenschatten der Wandelnden, die in die Schluchten hinuntergeworfen werden und dort mitschleichen; diese Provinzler dann in ihrer breiten Tracht, die Treibjungen mit der ungebrochenen, aber so barschen Stimme, der Parroccho Celesio mit dem Sakristan in weißem Chorhemd und das Biret auf dem Haupte, eine Frau, die sich von zwei erwachsenen Söhnen eher tragen als stützen läßt und immer sagt: »'s geht schon, 's geht schon!« – dann der Lungenkranke mit dem Vater und zwei Dienern und ihrem steten Geflüster – die endlos gen Himmel aufgetürmten Steinhaufen, das Rieseln der Kiesel unter den Füßen, das Flöten vorne und hinten das Singen, die klare Nacht, von leisen, frostigen Winden durchbebt, ab und zu die Rufe: Gesù! Madonna! Christo! Rufe einer stürmischen Andacht: ach, so wenig der Pinsel, so wenig vermag die Feder dieses unvergeßliche Nachtstück festzuhalten. Mir war, ich sei irgendwo im fernsten Orient, fast ertrunken in der Unermeßlichkeit der Wüste, auf der Suche nach dem verlorenen Eden.

Es gingen zwei neugierige Engländer und etliche Kunstmaler von Sarazenesco mit, Freigeister, die nur noch den Gottesdienst der Natur und der Kunst behalten haben. Neben ihrem Unglauben in Seidenstrümpfen und wattiertem Frack schritt barfuß und lustig die naive Gläubigkeit der Landleute vom Anio. Ihre Stimmen klangen so hell und ihre Augen lohten so feierlich, daß die Kunstbegeisterung der Maler daneben glanzlos verfiel.

»Könnt ich nur eine Stunde so fühlen wie mein Eseltreiber«, behauptete Carlitos, »o ich wollte den Zauber heruntermalen, daß ganz Rom auf die Zehen stände.«

Gegen drei Uhr nachts sahen wir in der Höhe an einer steilen Wand gleichsam klebend die Umrisse der Wallfahrtskirche. Zuoberst in den Bergen mußte sie wohl liegen, an der Wasserscheide zweier Meere. Ich konnte mir beim Anblick auf die vor und hinter mir sinkenden wellenförmigen Anhöhen nichts anderes denken. –

Unsere Wallfahrt war sozusagen durch eine Reihe frommer und profaner Zufälligkeiten zu dieser ungewohnten Zeit ermöglicht worden. Wäre es der Ende Juli übliche Pilgergang gewesen, dann hätten wir rings um die Kirche schon hundert Beter getroffen, einige mit Teppichen und zeltartigen Schirmen, andere, die um ein Feuer sitzen und Suppe oder Polenta kochen, auch solche, die nebeneinander knien und beten. Man hätte Kranke bemerkt, die sich über die Schwelle der verschlossenen Türe legten, um beim Öffnen der Kirche ja die ersten zu sein, die der Santissima Trinità ins Auge fielen. Und auf den Gesimsen der Kirchenfenster hätte man Buben, die kein Schlaf ankam, sich in die Mauernische ducken sehen. Denn ringsum gibt es kein Obdach, keine Wirtschaft.

Heute bot unsere Gesellschaft das kleinere, aber nicht minder bunte Bild einer frommen Karawane. Man lagerte sich, so bequem es ging, auf dem Felsvorsprung, zehrte vom Vorrat, dann ging es an ein Gliederstrecken und Zudecken hier, dort an erneutes Kochen und an ein Plaudern, das seltsam, fast unwürdig in die starre Einsamkeit dieser Berge hineinscholl. Die Maler skizzierten bei der Laterne an der Kirchtüre nächtliche Gruppen, die mit dem Dunkel zu so unförmlichen Massen verschmolzen, daß man nicht leicht unterschied, sollten Baumkronen, Berghäupter, Drachen oder harmlose Menschenköpfe dargestellt werden.

Ich fand keinen Schlaf und ging unterhaltungsbedürftig von einer wachen Gruppe zur andern. So stieß ich denn auch auf den kranken Herrensohn. Auf dicken Polstern lag der Junge und wie ein Hund kauerte der jüngere Diener ihm zu Füßen, indem er ihm die Beine mit einem Kissen warm hielt. Der müde Vater war eingeschlafen. Der ältere Diener aber saß aufrecht neben dem jungen Herrn und flüsterte: »Reden Sie nicht so viel! Die Nachtluft« –

»Was tut das?« zürnte der Jüngling mit schwacher zänkischer Stimme. »Gib Wein!«

Man gab ihm. Er verschüttete davon auf die Decke, so sehr zitterten seine wächsernen Finger.

»Sie frieren, Arrigo!« sorgte der Alte wieder.

»Du bist ein Esel!«

Der Gescholtene schwieg

»Das macht alles nichts«, sprach der unterwürfig zu Füßen Hockende. Seine Stimme klang falsch und süß wie von einem glatten Weibe. »Morgen, Signor Marchese, morgen muß die Madonna Sie doch gesund machen.«

Die müden Augen des Junten sperrten sich hell auf.

»Selbstverständlich, sie muß mich heilen«, rief er heiser. »Papa hat ihr ja einen Altar hierher neben der Santissima Trinità versprochen; so weit oben bekäme sie sonst keinen. Von Silber und Gold. Er kostet viele tausend Lire. Und das weiß Madonna.«

Gebieterisch blickte der Bursche zum Gotteshaus hinüber, das von den Wachtfeuern leise gerötet wurde. Dort lag nun das hinkende Weib an der Türe. Die zwei stämmigen Söhne knieten neben ihr. Bis zu uns herüber drang ihr Wechselgebet:

»Salus infirmorum! – Ora pro nobis!«

»Wir wollen auch beten«, bat der Alte zaghaft.

»Ach, beten!« die violetten Lippen verzogen sich und bei jedem Worte glänzten, ja fletschten die langen weißen Zähne des abgemagerten jungen Marchese. »Beten wie die dort! Mir«, vollendete er eigensinnig und stützte die Knie unter der Decke auf, »mir muß Madonna helfen, nicht dem alten Weibe.«

»Die dort ist krank«, schmeichelte und wedelte der Hund wieder; »aber Sie sind nur schwach, einfach etwas von Kräften.« Und wie er sah, daß in die harten, knochigen Züge des Schwindsüchtigen eine leise Selbstgefälligkeit spielte, fügte der Hund bei: »Da ist ja nicht einmal ein Wunder nötig.«

»Ora pro nobis!« flehte es drüben immer dringlicher.

»Mateo sagt, daß sie mit dem Geschrei dort aufhören«, gebot der Jüngling. »Ich will versuchen, noch eine Stunde zu schlafen. Die Decke fester wickeln!«

Damit schloß Arrigo die Augen und sah jetzt genau wie eine Leiche aus, wenn man nicht das starke Heben und Senken der weißen Nasenflügel hätte bemerken müssen.

Ungern ging der Alte hinüber. Man widersprach ihm heftig. Er faltete die Hände über die Brust, bat und bettelte, legte den Finger an den Mund und sagte leise, indem er zum Knaben deutete: »Er wartet auf ein Wunder, stört ihn nicht!«

»Ach, wir, wir wollen ein Wunder«, schrien die Männer und glotzten groß und eifersüchtig zum kleinen Marchese hinüber, der ihnen wegen seiner Vornehmheit gewiß überall auf Erden zuvorkam und nun auch noch im Himmel bei Maria und der Santissima Trinità zuvorkommen wollte.

Darauf der Alte: »So wollen wir zwei Wunder erbeten. Nur flehet nicht so laut! Maria hört gut. Seht, mein Herr ist auf den Tod krank.«

Er hielt die Laterne, welche am Türpfosten hing, so, daß ein Schimmer gerade das Gesicht Arrigos traf. Das wirkte.

» Misericordia, der Signorino ist tot!« lispelte die Lahme.

»Stille! er hält nur die Augen zu.«

Voll Mitleid blickte die Kranke hinüber und sagte dann: »Nun, Pietro, Beppo, ein Vaterunser für den armen Marchese!« Und alle drei fingen ein tiefes Murmeln an.

»Es ist mir schon leichter«, meinte der Jüngling, als er den Alten wieder neben sich hörte. Und ohne die Lider zu heben, flüsterte er für sich: »Gewiß, nun weiß ich's, ich werde wieder ganz gesund!«

Dem Alten rissen fast die Lippen vor verhaltenem Weinen.

»Gesünder als wir alle«, flötete der Sklave zu Füßen.

Ein Lächeln hüpfte über das Knabengesicht. Er war seiner Sache nun sicher. Die Madonna mußte morgen kommen und ihn heilen. Morgen, während Parroco Celesio die Messe für ihn liest. Wie die Magd oder der Kammerdiener mitten aus dem schwersten Schlaf daherrannte, wenn er mächtig klingelte, so würde die Madonna für ihn bereitstehen. Er war nicht zu jung, um hart und böse zu sein, aber noch zu jung, um nicht an die Madonna zu glauben. Er glaubte an ihre Hilfe und ihre Wunder. Aber er faßte die ancilla domini irdisch und herrisch auf.

Drüben an der Kirche vollendete das Trio: »Nunc et in hora mortis nostrae. Amen.«

Schon zweimal hatte mich Mateo verweisend angeschaut. Was hatte ich da zu tun? Was mischte ich mich in ihre Betrübnis? Jetzt, da sein Blick mich zum drittenmal aufforderte wegzugehen, gehorchte ich mit einem letzten Auge auf Arrigo. Er schlief nun. Seine Stirne, die er wach immer rümpfte, entrunzelte sich und ward hell. Sicher erspähte der Junge im Traume die Madonna, wie sie einen himmelblauen Mantel über die Sterne und Wolken nachschleifend zu ihm niedersteigt, die heilige Hand auf seine Brust legt und lächelnd spricht: »Arrigo, die Santissima Trinità läßt dir sagen: erhebe dich, du bist geheilt!«

*   *

*

Am Morgen öffnete sich die Kirche, und die Messe mit dem gedehnten Litaneiensang der Pilger begann. Das Glöcklein, das schier seine Stimme in dieser Bergeinsamkeit verlernt hatte, rief überall in der steinernen Umgebung ein frommes Echo wach. Da erwachten auch die Skulpturen und Bilder der Kirche. Lebendig ward alles. Eine Kirchenfahne flatterte, Kerzen flackerten, Weihrauchwolken flogen wie blaue Vögel zu den feuchten Dielen und dem uralten Bild der Dreifaltigkeit auf. Und wie stille Beter lagen draußen die Berge, der Sonnenschein und die unbeweglichen, weißen, nahen Wolken und feierten mit.

Ein sichtbares Wunder erlebte ich nicht. Die halb gelähmte Witwe erklärte wohl, sich viel besser zu fühlen. Aber der kleine Marchese wurde nicht mehr in den Sattel gesetzt, sondern für die Heimreise in die mitgebrachte Sänfte gebettet. Nur einmal noch sah ich das starre, bittere, schneekalte Gesicht durch die Scheiben leuchten, mit gepreßten Lippen, zugekniffenen Augen und tief in die Achseln gedrücktem Kopf. Bedächtig trugen die zwei Diener die Sänfte die steilen Halden hinunter, zurück in die Villa von Vicovaro, wo der Jüngling eines Morgens nicht bleicher als jetzt, aber ohne Atem im Ruhebett gefunden wird. Hinter der Sänfte ging der Vater müde und achtlos, wie einer, der nichts mehr verlieren kann.

Glücklicher Faulenzer!

Einen Tag hatte ich im Dörfchen Prio zugebracht, wo niemand lesen und schreiben konnte, aber wo man reichlich von seinen Weiden, dem Vieh und dem Obst zu leben hat, und wo die stärksten und flinksten Jünglinge und die muntersten Töchter leben, wo man jahrelang keinen Arzt sieht, in der Regel von nichts als vom zu hohen, atemdünnen Alter stirbt, und wo eine Achtzigerin noch Haselnüsse mit ihren weißen Zähnen aufbeißt. Am Abend sitzen sie beisammen über Stiegen und Straßen, und die Hirten erzählen alte Sagen, oder der Hausierer Mareote berichtet irgendetwas Fabelhaftes aus dem tiefen, fernen Menschenlande. . . . Dorther! sagt er und zeigt mit dem braunen Arm in den unendlichen Dunstring, der zwischen Himmel und Erde gen Sonnenuntergang liegt. – Dorther! wiederholen die Berglerinnen mitleidig, aus solcher Tiefe und Elendigkeit! die armen Sandwürmer!

Als ich Prio am nächsten Morgen verließ und durch einen glitzerig grünen Kastanienwald ins Land der lesenden und schreibendem Menschen hinunterstieg, da war es mir, als hätte ich das Paradies einen Augenblick bewohnt und sei nun leider wieder auf jener gottverfluchten Erde angelangt, wo man auf dem Bauch kriecht, in saurer Mühe schwitzt und Dornen und Disteln ißt: mit einem Wort, wo man wieder Zeitungen, Hefte und Bücher schreibt.

Ich bin in jener ersten bittern Verstimmung etwas zu weit gegangen, als ich sagte: Möchte doch die Menschheit eines Morgens erwachen ohne Schulmeister und Schulbuch! Mögen alle Zeitungen in hübsche Nastüchlein für saubere Menschen und alle Tintenhäfen in Blumentöpfe verwandelt sein! Ich ging zu weit. Nein, nein, das Tintengeschirr ist heute leider so notwendig wie die Milchtasse, und die Zeitungen sind beinahe so nützlich wie Nastücher. Das sehe ich wohl ein.

Aber ich sehe nicht ein, warum man diese Italiener ewig als Faulenzer und Nichtswisser beschimpft. Wenn man das Unwägbare wägen und die wahre Arbeit und das wahre Wissen zahlenmäßig feststellen könnte, du mein Gott, wie hoch würde doch die Schale Professorenweisheit und Professorenschweiß oft vor der Schale eines sogenannten süßen Nichtstuers emporschnellen!

Vor allem: Muß denn ein Jegliches geschrieben sein, was man denkt? Gibt es nicht sehr große Dichter, die keine einzige Zeile schreiben? Und ich glaube, unter diesen Hirten und Nomaden sind viele solche Poeten. Oder ist denn das erst ein Gedicht, was man in ein Buch schreibt, daß man es bewundere und daß arme, geplagte Schulkinder es auswendiglernen können? Ist das etwa nicht auch ein feines und großes Gedicht, was so ein Nichtstuer auf dem Rücken sich austräumt, wenn er in den blauen Himmel guckt und den Ernst und die Lustigkeit der Wolken betrachtet und sich daraus eine Tragödie oder eine famose Posse erdichtet? Oder wenn er das Ohr auf die Erde legt und dieser altersgrauen Mutter das Herz aushorcht? Und ist nur das Musik, was einer in Noten setzt und von einem Trüpplein gerechter Geiger sich vorspielen läßt, und worüber dann die Kritik ihre wohllautenden Orakelsprüche abgibt? Ist vielleicht nicht auch das Musik, was so ein Analphabet alles hört, wenn er immer die gleiche, über ein Brett gespannte Schnur zupft? Er hört vielleicht eine Musik wie Mozart im Rausch seiner Phantasien auf dem Spinett, wie Beethoven beim Sterben und Hinüberschauen in die Ewigkeit. Es singt vielleicht und orgelt so wunderbar durch seine Seele, wie man es mit dem elenden Behelf von Noten und Takten nicht aussprechen kann. Und doch zupft er nur immer an einer Schnur! Genug, daß er hört! Und so kann mancher Junge kein A und kein B zeichnen, aber er sieht Bilder im Nebel, im Baumgewirr, im Sandhaufen, daß ein Tizian und ein Phidias ihn darum beneiden müßten. Jawohl, viele von diesen Analphabeten sind Künstler, Dichter, Musiker, aber für sich, in ihrer Seele, ohne Bühne, Szene und Händeklatschen. Und oft habe ich mich gewundert, wie solche Analphabeten klar reden, scharf und schnell erwägen und sicher entscheiden. Die Schule mit ihrer unabweisbaren Schablone von Klasse zu Klasse, mit ihrem Einerlei durch die ganze Bank hin, mit ihrer Tretmühle des Gedächtnisses und ihren zwei Drohmännchen: Examen und Zeugnis, die Schule mit ihrer Abschaffung der Eigenheiten, der Persönlichkeit, des Naturgenies der Zöglinge, mit ihrem Zwang und Drill und Nümmerchengeist, diese Schule hat die Analphabeten nicht bilden, aber auch nicht verbilden können. Sie sind noch naiv, die Abruzzenkinder, noch frisch und eigenartig. Sie denken noch ohne Lineal und Winkelmaß. Jedes redet anders, lacht, schimpft, gebärdet sich anders, ist etwas Eigenes und kommt mit dem eigenen Schiff dereinst an sein Gestade. Jedes ist mit einem Wort ein eigener Mensch.

Es gibt bunte Arten von Faulheit. Die eine ist ein Laster, die andere eine Krankheit, die dritte eine Philisterhaftigkeit. Von diesen dreien weiß die Abruzzenseele nichts. Ihre Faulheit, wenn man es so nennen mag, ist die Faulheit der Natur, der Berge, der Bäume, des Meeres, der Tiere, besser gesagt, ist die Beharrlichkeit des Stoffes. Dabei ist der Abruzzer dennoch rege und frisch. Im Augenblick springt er gemsenschnell auf und im Augenblicke schlendert er, streckt alle Viere von sich und schlummert. Aber er faulenzt nicht. Er hört und merkt alles, das Lüftchen vom Gebüsch her, das Aufbellen der Hunde, die tausendfältigen Menschentritte auf der Straße, das Klingeln einer Kupfermünze irgendwo, den Stundenschlag, alles. Durch seinen Kopf wandern stete, rasche, bunte Pilgerzüge von Gedanken. Er lacht, flucht, hofft, macht Pläne, studiert, grübelt voraus und rechnet in Früheres zurück. Er redet mit sich. Tut er nur wenig das Auge auf, so fährt er den Linien von Himmel und Erde nach und zeichnet sie weiter, rundet, verlängert, schattiert, vollendet. So ist er. In dieser scheinbaren Faulenzerei hat er sich mit den köstlichsten Dingen beschäftigt und unendliche Kurzweil genossen. Der Deutsche, der Engländer, der Franzose verstudiert, verplaudert, verrechnet die Natur. Aber der Italiener liegt auf seinem schönen runden Römerschädel im Gras oder auf einem Mäuerchen, den Hut auf der Stirne, die Hände im Sack und rechnet nicht und schreibt nicht und redet nicht ... sondern sieht, hört, erlebt, genießt. Das ist mehr. Erst das ist nämlich genug.

Millionen Kinder müssen vom Morgen bis Abend in den Schulen, Millionen angehende Jüngferchen und Jünglinge in höheren Studien oder in Arbeitskasernen ihre frische junge Seele ermüden. O wie viel schöner haben es meine Jungen von Pratimonte, von Lieghino, von Sassalpe und Montifiero.... Viele hunderttausend Leutchen ihres Alters müssen das schönste Drittel des ohnehin knappen Lebens in den Studierbänken verbringen. Wenn sie herauskommen, sind sie keine Analphabeten mehr, sie sind vielleicht Doktores und Professoren. Aber gar oft sind sie über einen Leist geschlagen, glatt gehämmert ist ihre einstige gehörnte, geniale Eigenheit in der Ursprünglichkeit und natürlichen Schwungkraft sind sie fast alle geknickt. Sie fliegen nicht mehr wild und frei und hoch.

Sie kennen ja jetzt das zahme Abc und leben auch danach in einerlei Geschrei und Trab und Mode.

Die Analphabeten der Welt ... ich nehme jetzt das Wort weiter und nenne jeden so, der nicht auf die Kultur des Papiers, der Tinte und des Schulbackels schwört, die Analphabeten sind allein noch die sonnigen, kurzweiligen Originale der Menschheit und des Lebens, die andern sind fast nur noch Kopien oder gar Kopien der Kopie. Jene schwingen noch etwa die Fackel des Genies durchs vielzimmerige Welthaus. Diese tragen die Stubenlampe des Talents mit vorsichtigen Pantoffelschritten über ihren abgezirkelten Weg. Diese kennen das Tote, jene das Lebendige besser, diese schreiben und lesen und dozieren prachtvoll, jene leben noch prächtiger. Wer beides könnte, wäre der rechte Mensch.

Die gotischen Eichen.

Von Terni nach Narni kann man auch am heißesten Mittag im Schatten gehen, im schönsten Schatten der Welt: in Eichenwald.

Ja, hier gibt es hohe, uralte Eichen. Fremd und übergewaltig ragen sie aus diesem Land der kleinen Gebüsche. Fährt um zwei Uhr der Meerwind herein, so neigen sich die Häupter hin und her, wie in einem Thing würdiger und feierlicher Männer man einer Rede zuhört, diskutiert und bei einem besonders wichtigen Satze sich die Gesichter zuwendet, verneint oder nickt und ruft: So ist es! Wohlgesprochen!

Ich horchte und fragte mich: Was reden sie eigentlich? in welcher Sprache?

Italienisch musiziert es nicht und doch verwandt, deutsch rumpelt es nicht und doch ähnlich. Ah, es ist Latein, das Latein, wie die alten Goten es sprachen, diese schweren, großen Schneeleute vom Norden, die der Süden lockte und die denn siebenmal nach Rom drangen und die weibischen, aber immer noch genialen Griechen in die Schiffe jagten, und die siebenmal hier zurückflohen, vom kleinen, magern, schmaläugigen Byzantiner Narses immer wieder besiegt.

Sie hatten eine große Wut, Rom ihr eigen zu nennen, und doch auch ein schweres Heimweh nach den verlorenen Heimstätten über den Alpen. Berge hätten sie wohl behauptet gegen römische Kraft und griechische Schlauheiten. Aber sie wollten die Städte, die Markthallen, die Theater, Brunnen, Säulentempel. Sie wollten aus der Provinzgeschichte in die Weltgeschichte hinaus.

Als nun wieder einmal ihr Zug auf einer Flucht oder Sammlung in diesem Tale rastete und viele ihre Wunden im Flusse wuschen oder ihre bösen Beulen an der Sonne ausheilten, saß Gotis, der bange und schwächliche Neffe des Königs Totila, mit seinem Gespielen, dem langen, flinkarmigen Teyja, unter den faulenzenden Soldaten und läutete wie immer das Glöcklein vom Heimgehen über die Alpen. Ganz nahe schlief Totila im Gras.

»Heimgehen!« spottete Teyja mit seiner bleichen Lippe. »Katzen gehen heim, aber der Hund rennt seinem Herrn voraus gegen den Feind.«

»Dafür hat die Katze eine heimelige Stube, aber der Hund bloß einen Stall«, wendete Gotis mit seiner Sanftmut ein.

»Gotis«, belehrte Teyja drohend und buschte seine blonden Knabenbrauen zusammen, »die Berge sind uns verriegelt! wo willst du daheim sein? Wir sind nur in Rom daheim.«

»In Rom schliefen wir nie länger als eine halbe Nacht. In Rom war noch niemand recht daheim«, stritt Gotis innig ab, aber küßte wie verzeihungbittend Teyjas mageres Fäustchen.

»Widerrede mir nicht«, befahl dieser rauh. »Ich muß es besser wissen. Sieh, schon wächst mir der Bart – hier, greife einmal.« Er führte Gotis' Fingerchen über seinen unmerklichen Flaum. . . . »Du aber hast noch das reinste Mädchengesicht, was gilt da Reden? . . .«

»Dann bleiben wir wenigstens hier«, bat der zierliche Gotis. »Es hat fast Berge da und ein schönes Wasser und bald, bald auch Eichwald. . . .«

»Narr«, schrie Teyja, »zeig' mir nur ein Blättchen davon!«

»St! St! ihr weckt noch den König«, murrte man.

»So komm«, flüsterte Gotis. »Ich zeige dir eine Eiche. . . . Hier!« lächelte er glücklich nach wenigen Schritten.

Alle sahen ein zartes, helles Gewächs wie eine Gerte, das schon das süßherbe Gekräusel jungen Eichlaubs zeigte.

»Siehst du, ist das nicht ein junger Gote wie wir? und hat er nicht schon mehr Flaum als du, Teyja?« spaßte Gotis mit gescheitem Augenzwinkern. »Gib nun auch deine Eichel! Setzet ihr alle euern Samen hier! Und wir haben bald Wald und Heimat . . . tut es, tut es! . . .«

Die Goten griffen in den Sack nach dem abergläubischen Amulett ihrer Eichel, das sie aus dem Vaterland mitgenommen, um ein schöneres Vaterland zu gewinnen. Es ist wahr, hier könnte ein Wald wachsen, sagten sie, und steckten die Kerne in den Boden.

Wenn wir fliehen, soll uns dieser Wald bergen, trösteten sich die Vorsichtigen.

Wenn wir in Rom zu heiß haben, kühlen wir uns hier ab, protzten die Frechen.

Bis wir heimfahren können, wollen wir hier vom Daheim träumen, schwärmte Gotis.

Und alles gab seine Eichel. Nur Teyja nicht und der schlafende König Totila nicht . . .

. . . Bald ging es wieder südwärts in die Schlachten. Aber kam man zurück auf Flucht oder Sammlung hierher, so sah man, wie ein kindlicher Wald aufkeimte, sich bubenhaft spreizte, mit Flaum und Jünglingsschopf emporschoß und immer stattlicher ward gleich schönen bewehrten Männern. Und je weniger Goten zurückkamen, um so mehr Eichen gab es hier. Als jedoch Totila mit seinem letzten verzweifelten Genie nochmals die ganze Halbinsel in die Faust packte, ein seliges Räuschchen lang, da brausten sie hellauf. Doch als er bei Gubbio oben fiel und statt Gotis der schnellpulsige Teyja König wurde und trotz ihrem Kopfschütteln und trotz Gotis' Flehen gen Süden brach, da rauschten die Eichen ihren düstersten Psalm. Wie aber der herrlich-freche Teyja am Fuße des Vesuv in die Lava sank, die Eichel und auch nur noch so viel Heimat und Herrschaft in der erstarrten Faust, und als Gotis halsumschlungen neben ihm starb und ihre Leichen in der grausamen Sonne dorrten ohne ein Läubchen Schatten: da wäre der Wald hier am liebsten auch gestorben.

Aber nun lebten die Eichen einmal und gediehen bei allem Unglück großartig. So ermannten sie sich denn, wuchsen herzhaft weiter und überdauerten Goten und Griechen, deutsche und welsche Siege, der Weltwage ewiges Auf- und Niedergehen, und predigen dem heutigen Pilger nach anderthalb Jahrtausend in ihrer alten Sprache, diesem Gotenlatein, in dem Teyjas Eisen klirrt und Gotis' Heimweh singt, predigen ihm die Tragödien der Vergangenheit in die Seele.

Und hat der Reisende ein gutes Ohr, so hört er zuletzt immer: heim! heim!

Viele verstehen es auch richtig, binden die Schuhe, und wandern heim. Und Gotis' lächelnder Schatten geht selig mit.

Aber andere verstehen es falsch und rasen weiter, und der Fiebergeist Teyjas fliegt mit ihnen.

Besinne dich gut, Freund, unter den gotischen Eichen zwischen Narni und Terni, welchen Rank du deinem Leben geben willst!

Campagna-Visionen.

Auf und ab geht es im Gebirge zwischen Corese und Fara Sabina. Immer wieder taucht sie auf im Süden ... die Campagna ... beinahe hätte ich gesagt: die Weltgeschichte.

Und wenn ich sie lange anstaune, brennt mir das Auge, und ich schreie: Schatten, Berge, Abruzzen, rettet mich! ... Und wo eine Kuppe sie mir verdeckt, muß ich schnaufend und schwitzend empor, um sie doch wieder in meine Seele hineinzutrinken, diesen Engel und Teufel aller Geographie.

Campagna! laß dich noch einmal grüßen!

Wie schildere ich dich, du sonderbare, geheimnisvolle, gewellte Flur mit den dürren Halmen, dem bald so dunkeln, bald so leuchtenden Ried, den stillen, gleichsam verwitweten Bäumen, den herrlichen Fetzen eines uralten Bogengemäuers, das hoch über den Wipfeln der Platanen einst die schallenden Wasser des Gebirges in den großen, dürstenden Mund der Stadt leitete? Ein gelbes, schmutziges Gehöfte, fast nirgends ein sichtbarer Weg, Wässerchen, die ihr Siechtum durch das Gras schleppen, ein paar magere Kühe und Ziegen unter dem Schatten einer Kastanie. Im übrigen Schweigen, Hitze und endlose Weite.

In nahender Wohlgestalt die Ansätze der Albaner- und Sabinerberge und im Rücken immer und immer das Gefühl des majestätischen Rom. Das ist die Campagna.

Alles glitzert vor Sonne, jedes Gras, jeder Kiesel, jedes Baumblatt, jede Kalkwand. Bald weht ein Wind vom Meer, bald verscheucht ihn ein anderer von den Bergen her. Aber trotzdem ist die Luft glühend und trocken wie aus einem Ofen. Ein Dunst von Schwüle und Fieber liegt glashell und süß zwischen der harten Erde und dem noch härtern Himmelsbogen.

Nicht Lenz oder Herbst, der italienische Sommer nur gibt der Landschaft die echte, römische Stimmung, diese heiße, wie sie aus den Schlachtenbüchern des Livius, aus Märchen Ovids und aus den schattensuchenden Strophen Horazens empfunden wird. Da sieht man Haus und Äckerlein, das der gute Mäzenas ihm gab, in die

Frische einiger Oliven gestellt und ringsum von der wütenden Sonne und den wütenden Zikaden belagert. Da quaken Ovids Frösche, indem sie den breiten Rücken gegen die Sonne stellen. Da mustert Scipio die Legionen, mit denen er nach Afrika übersetzen will. Nur hier im italischen Sommer kann man sich die Konsuln vorstellen, die aus den heißen Ämtern der Stadt auf ihr Gut fliehen, Beete jäten und Gemüse für die Küche schneiden. Nur hier sieht man die Sklavenzüge, die schwitzenden, mückenverstochenen, welche mit der Sänfte ihrer Herrschaft auch die Götterbilder des Hauses, die Aschenkrüge und Weinschläuche, die Bibliothek und das Geräte der Küche hinauf in die Bergferien tragen, und sieht umgekehrt von den Bergen einen andern knechtischen Troß durch den Brand der gequaderten Straße die dicksten geschälten Akazienstämme, glatte Platanenbalken, mächtige Blöcke der Steineiche und schwere, vom Wasser phantastisch zernagte Felsen von Tivoli nach der Urbs tragen. Das ist die beutereiche Heimkehr des Senators Cajus Vitellius Piso aus seiner Sommerfrische in den Abruzzen. Es gräbt sich eine tiefe Runzel in seine Stirne, so oft er von einem schmalen Papyrus aufblickt und durch die Ritze der Vorhänge aus der Sänfte auf die müde Prozession seinem Reichtums blickt. Die Knechte haben einen heißen Atem, dürre Lippen, rote, sonnenmatte Augen. Zumeist sind es Afrikaner und Hispanier. Aber da sehe ich auch einen blonden, riesengroßen Mann im Haufen. Es ist gewiß einer aus dem Reußtal, einer von denen, die gern im blauen Eiswasser baden und für die eine Sonne ohne Schatten der Tod ist. Mühsam schleppt er sich vorwärts. Breiter sind seine Achseln als aller übrigen im Zuge. Dennoch trägt er die kleinste Last, das duftende Holz wilder Rosenbäume, das der Faber lignarius in Rom auf die feinste Art drechseln und zu kunstvollen Wandtafeln verwenden wird. Der Mut seiner blauen Augen ist gebrochen. Sein grobes Gesicht sieht jetzt in der Fieberröte feiner und glatter aus als das eines Kindes. Jetzt steht er baumstill. Die Peitsche des Aufsehers trifft ihn. Er bäumt sich nicht auf. Er zittert nur wie ein armes, müdes, überzahmes Roß unter dem Hiebe. Aber er schreitet nicht weiter. Ein neuer Geißelschlag. Dem Mann schwindelt, er taumelt. Durch sein Ohr rauscht die Reuß, orgeln die kühlen Tannenwipfel im Wind. Er sieht sein Weib aus dem reisiggeflochtenen Hüttlein treten, den Bub auf den Armen, und warten und harren und zu den Kämmen aufblicken, woher der liebe Mann käme. »Freyja, Freyja!« schreit er unter dem letzten Riemenstreich und stürzt leblos im römischen Ried zusammen.

Der Aufseher aber treibt den Zug weiter. Und wie die Sänfte des Senators an der Leiche vorbeigetragen wird, lächelt verächtlich ein kühles, blasses Jünglingsgesicht zwischen den Vorhängen hervor und sagt: »Vater, ein Germane ist niedergefallen. Sind das so schwache Leute?«

»Als Sklaven zu schwach, als Freie zu stark!« gibt der Senator zurück und liest mit bewölkter Stirne sich aus Tacitus' Germania in neue Sorgen um die Zukunft Roms.

Über tredition

Eigenes Buch veröffentlichen

tredition wurde 2006 in Hamburg gegründet und hat seither mehrere tausend Buchtitel veröffentlicht. Autoren veröffentlichen in wenigen leichten Schritten gedruckte Bücher, e-Books und audio-Books. tredition hat das Ziel, die beste und fairste Veröffentlichungsmöglichkeit für Autoren zu bieten.

tredition wurde mit der Erkenntnis gegründet, dass nur etwa jedes 200. bei Verlagen eingereichte Manuskript veröffentlicht wird. Dabei hat jedes Buch seinen Markt, also seine Leser. tredition sorgt dafür, dass für jedes Buch die Leserschaft auch erreicht wird.

Im einzigartigen Literatur-Netzwerk von tredition bieten zahlreiche Literatur-Partner (das sind Lektoren, Übersetzer, Hörbuchsprecher und Illustratoren) ihre Dienstleistung an, um Manuskripte zu verbessern oder die Vielfalt zu erhöhen. Autoren vereinbaren direkt mit den Literatur-Partnern die Konditionen ihrer Zusammenarbeit und partizipieren gemeinsam am Erfolg des Buches.

Das gesamte Verlagsprogramm von tredition ist bei allen stationären Buchhandlungen und Online-Buchhändlern wie z. B. Amazon erhältlich. e-Books stehen bei den führenden Online-Portalen (z. B. iBookstore von Apple oder Kindle von Amazon) zum Verkauf.

Einfach leicht ein Buch veröffentlichen: **www.tredition.de**

Eigene Buchreihe oder eigenen Verlag gründen

Seit 2009 bietet tredition sein Verlagskonzept auch als sogenanntes "White-Label" an. Das bedeutet, dass andere Unternehmen, Institutionen und Personen risikofrei und unkompliziert selbst zum Herausgeber von Büchern und Buchreihen unter eigener Marke werden können. tredition übernimmt dabei das komplette Herstellungs- und Distributionsrisiko.

Zahlreiche Zeitschriften-, Zeitungs- und Buchverlage, Universitäten, Forschungseinrichtungen u.v.m. nutzen diese Dienstleistung von tredition, um unter eigener Marke ohne Risiko Bücher zu verlegen.

Alle Informationen im Internet: **www.tredition.de/fuer-verlage**

tredition wurde mit mehreren Innovationspreisen ausgezeichnet, u. a. mit dem Webfuture Award und dem Innovationspreis der Buch Digitale.

tredition ist Mitglied im Börsenverein des Deutschen Buchhandels.

Dieses Werk elektronisch lesen

Dieses Werk ist Teil der Gutenberg-DE Edition DVD. Diese enthält das komplette Archiv des Projekt Gutenberg-DE. Die DVD ist im Internet erhältlich auf **http://gutenbergshop.abc.de**

Zeitfracht Medien GmbH
Ferdinand-Jühlke-Straße 7
99095 Erfurt, Deutschland
produktsicherheit@kolibri360.de